幻魔
Shaswahn Story Online II
降世

白
羊蹄之吻。
天使少女的祈福

CONTENTS

給我最尊敬的人：

我對你的尊敬，來自於你對任何事物的寬廣胸襟，這令我深感佩服。

第一次遇見你，是因為我自己的粗心大意而惹禍上身，你只是路過，卻毫無猶豫就出手幫忙，並且陪伴著我行走一小段路，耐心指導我設備的使用方法。

你對我來說就像是我的另一位兄長一樣，常常在我需要的時候給予我援手，毫無任何保留的照顧我、包容我。

在我獨自一人來到這個新世界，完全沒有任何朋友可詢問交談的時候，你問我願不願意加入你所創造的「家」，那時的我頭一次體認到，原來就算我重新擁有當初失去的東西、就算心裡為了這個如幻境般的新世界而感動，但是在只有自己一人的陌生環境裡，還是會感到孤單。

又或許，是我過於習慣那個人的陪伴。

我所尊敬的你，在我的眼裡就如同綻放著光輝的太陽一樣，令人覺得溫暖，讓我不會再去思考那些背光的事情。

你如同一名導師，帶領著我們所有人向前邁進，也給予了我足以下定決心的勇氣。

我想，這「家」裡的所有人一定也是一樣的吧，和我心裡這股怦然的心情一樣，相當的尊敬你。

也許……未來的某一天，你會發現事實的真相遠超過你所預期的許多……

但不管結果如何，唯有這件事情我希望你能明白，能遇見你，我由衷的感受到自己是幸運的。

我也慶幸我在這個新世界裡第一位認識的朋友，是你。

▶▶Loading...
第一伺服器
邪惡啊——
白羊之蹄的微笑會長！
Create Dream Online

黑暗的空間飄散著白色光點，不知道從哪裡傳來了像是玩具轉鈴般的樂音，規律的叮叮噹噹響著。

那是種很熟悉、很熟悉的感覺，但是卻久到他近乎遺忘。

他記得自己曾經拿著一個白色的轉鈴，爬上椅子、攀住木床邊緣，木床裡躺著一個未滿月的嬰兒。

他的手甩甩晃晃，好聽的鈴聲響起。

然後女嬰對他笑了，伸長了手「呀呀」的叫著。

突然，腰間多出了一雙手將他騰空抱起，屬於成熟女性的馨香竄進鼻尖。

他記得這個香味，甜甜的像是花中的蜜糖。

「科斯特當哥哥了呢！妹妹很可愛對吧，以後保護妹妹的工作就交給科斯特囉！」

他看著那塗抹著淡色口紅的漂亮嘴唇揚起笑意，再望向木床裡對他伸出手「咿呀咿呀」喊著的女嬰。

他伸長手，在女子彎腰的幫忙下，握住了那隻比自己小上許多的白軟手掌。

女嬰睜大的晶亮碧眸裡映照著他的倒影，漂亮到他想一輩子看著。

他的心底有種特別的悸動。

他知道眼前的人很重要，必須由他保護著才行。

「我會保護妳一輩子的，碧琳……」

▲▲▲◎▼▼▼

「扉空哥……扉空哥。」

長長的睫毛微微顫動，隨著眼皮睜開，金色的眼眸映著迷惘。

白光與疊影模糊晃動，過了好幾秒，視焦終於凝聚，映入眼簾的是杦木童子帶著擔憂的臉。

「扉空哥，你沒事吧？」

扉空壓著有些發鈍的腦袋起身坐著，因為無法順氣而咳了聲。

「剛醒所以有點不適應……這裡是哪裡？」

回答他疑問的是從旁邊走來的伽米加：「記得我們在草坪上突然遇到襲擊，被一陣煙放倒嗎？」

「所以這裡是……」

「大概是放煙的始作俑者的基地吧。」荻莉麥亞調整了下背帶，起身壓壓腳，對扉空露出善意的微笑，「不過你能醒來真是太好了。」

「咦？」

「對啊！扉空哥哥剛剛都叫不醒。」座敷童子從扉空身後撲抱住他。

畢竟已經確立了朋友關係，因此扉空並沒有排斥座敷童子的親暱行為，任由對方靠著自己。

「你們真的有叫我嗎？」

「有！推啊敲的都叫不醒你，剛剛米哥還提議把你扛起來摔摔看會不會醒，但是這方法實在是太殘暴了，所以被我們阻擋了。」枕木童子彈了下手指。

被指名的伽米加在收到扉空的瞪眼後，趕緊澄清：「誰叫你一直不醒，我只是提供大～概～可行的方法，但沒有真的要這麼做的打算，我是說真的！」

伽米加說到「大概」時還故意緩慢的拉長音。

「提議出來就代表你其實是想動手的。」

扉空起身拍了拍衣服上的灰塵，拉開袖子確定沒多出什麼傷痕後，冷吐一句：「我真是錯看你了。」

「都說是開玩笑了，這裡有誰敢真的捽你我第一個跟他拚命！」伽米加拍胸保證自己的絕對忠誠，接著下一秒趕緊扔出疑問來轉移這個針對他的話題：「話說，扉空，你剛剛是不是做夢了？」

扉空眨眨眼，露出困惑的眼神。

「因為你一直叫不醒，然後又像是在抓什麼東西，手又抓又揮的，嘴裡也不知道在唸些什麼……怎麼，你做了什麼夢，美好到你都不肯醒？」

說完，伽米加還嘿嘿的賊笑幾聲，看得扉空很想直接往那張臉補上一拳。

「哪有什麼夢，我一點印象都沒有。」

他剛剛做夢了嗎？

模糊的殘像讓扉空覺得頭暈，做了什麼夢境他完全無法重新回憶清楚。

伽米加說他在抓東西、又不知道在唸什麼。那他到底是想抓住什麼東西，又說了什麼話？

……他完全想不到。

扉空扒了扒髮，視線落在手掌上，下意識的握了握。

「怎麼了，打算分享夢境內容了嗎？」伽米加看起來對這類八卦很感興趣。

扉空皺起眉，「都說了想不起來。」

也許，他真的做了什麼夢吧。

掌心的地方似乎還殘留著什麼，雖然他想不起來，不過卻有種很溫暖的感覺。

「這話題就先止住吧。我認為現在應該討論的是我們該怎麼離開這裡。」

荻莉麥亞的中肯發言讓其餘四人露出「思考中」的表情。

是啊，現在最重要的還是想方法離開這個地方。但是他們又不知道這裡是哪裡，也不知道這地方會不會有什麼機關……

對了，打開地圖看看不就知道了！

座敷童子按了下手環，結果跳出的面板被幾行字所取代——【非區域使用者，無法顯示此地圖】。

——這區域還有使用者？

座敷童子皺著臉，舉起手上的面板給大家看，「你們看看，他們說這個區域要使用者才能看到地圖，這是什麼意思？」

「咦？我看看。」

伽米加湊到面板前細讀句子，思考了許久，最後還是無法會意的搖搖頭。

「那句話的意思指的就是……因為你們不是本公會的成員，自然無法開啟公會地圖。另外，在公會領地裡面是無法使用世界地圖的。」

隨著悶厚低音的步伐，陰影下走出一個人，那是一名身穿白色削肩小禮服的少女，禮服的腰間用華麗的金色碎花裝飾著；烏黑的長髮拖地，鼻梁上的心型紅框眼鏡掩飾稚氣的容貌；她腳上穿的是十公分高的黑色厚底鞋，七彩線條的長襪包裹至大腿，連手上也有著和襪子相同布料的長袖套。

少女不高，比一般的女性平均身高還要低上一些，看起來有點像十三來歲的小孩子。

邊轉著手上的愛心花傘，少女推推鏡框，皮肉不笑的說：「失禮了，因為實在不知道你們是敵是友，所以就先暫時將你們放置在這裡，希望你們別介意。」

伽米加趕緊站到最前位，瞇起眼問：「妳是放煙的！？」

「放煙？喔……不，把你們帶回來的不是我，我只是負責看管你們而已。」

「妳是誰？抓我們做什麼？」扉空警戒的觀察四周，但是只靠幾道光影真的很難分辨那黑暗的角落裡有沒有潛藏什麼東西。

另一邊的莜莉麥亞也將槍械上了膛，有著隨時來上一發的準備。

「天啊天啊，秘藍諾，你看見了嗎？那小妞超勁爆的，用槍的姿態美呆了！」

不知道從哪裡的角落傳來一聲讚嘆，接著另一邊也冒出了興奮的笑聲。

「看看，那兩個孩子好可愛喔！是雙胞胎嗎？我早說我們公會就不該只找大人，應該找點小孩子來裝飾嘛！雖然明姬也很可愛，但還是跟真正的小孩有點差別。」

「少來了，那是因為妳當老師當習慣了！小孩子很吵又無理取鬧，到時候公會變成大雜燴怎麼辦？」

「我哪有很吵又無理取鬧啊……」

座敷童子扁起嘴，看起來對於被批評讓她感到非常的傷心。

「真想直接往那個人的嘴巴踹一腳。」

枕木童子嘛起嘴，臉上擺明極度不爽。

「喔，還有一個獸人，看起來好像是……老虎？」

「是獅子、獅子！你們這群眼睛的到底從哪裡看到是老虎的！你們生物學沒學好啊啊啊啊啊啊——」

一把扯住暴怒的伽米加的後領，扉空語調硬冷的說：「冷靜點。要是隨便行動去弄到什麼機關就不好了。」

「喔喔喔喔！那個藍色長髮妹好正喔！」

暴怒記號瞬間從扉空的側額冒出。抓住獅獸人後領的手瞬間猛力往後扯，在伽米加往後狂退的同時，扉空取代他的位置走上前，暴怒大吼：「你們這群眼瞎的，我是男的到底要我說幾次啊啊啊啊啊——」

來個迴轉身，伽米加趕緊架住正要暴衝向前去揍人的扉空，安撫道：「冷靜點，要是隨便行動去踩到什麼機關就糟了，別中計！」

「咦咦咦！？他是男的！？」某處傳來驚恐的聲音。

「不會吧！看起來明明是女人……」不知道是哪個人發出不可置信的語調。

「我早說過他是男生，你們就不信。」某道女聲帶著輕藐。

「對啊！你們男生的眼光太變態了，都只會看長相，哪像我們女生就是直接透視進心底呢！」

聽見這不知道是誰說的話，伽米加和杴木童子趕緊雙手交叉抓著手臂護胸，而扉空頭頂正在熊熊燃燒的怒火一瞬間全熄滅，往後退了一步，默默的拉緊衣服。

看來比起發怒，貞操還是比較要緊的。

「不不不……你們別誤會！我只是做個比喻，絕對不是暗示我有可以直接透視肉體的絕技。」隔空的女聲傳來慌張的解釋。

而隨著這句話，黑暗空間裡的交談聲整個炸開。

聲音越來越多，越來越吵雜。

——人到底在哪裡？

——在那邊？

——還是上面？

也不知道四周有沒有埋伏什麼東西，扉空五人緩緩後退，直到背部相互靠抵著，他們才發現自己已經無路可退。

倚靠著小小的區域，座敷童子不安的抱住離自己最近的荻莉麥亞。

杴木童子叫出凰冥刀。

扉空叫出鍵盤。

伽米加露爪備戰。

荻莉麥亞安撫的拍了拍座敷童子的肩膀，隨後架起槍械瞄準一角，才剛準備扣下扳機，後方突然傳來「碰」的一聲響，大片白光從被打開的門口透進。

輪子骨碌骨碌的聲音從外面進入到倉庫，爾後停止，四聲清脆的響音傳出，天花板整排的中古吊燈瞬間亮起，照亮了陰暗的空間。

「說了幾百次，不要摸黑做事，雖然節約能源很重要，不過省過頭搞到什麼都看不見，那又有什麼用？」溫潤的男性嗓音帶著無奈。

「會長！」

「會長您回來啦！」

歡喜的語調此起彼落。

扉空抬起頭，在燈光的照明下，他終於看清楚自己所在的地方——

這是個看似小型市政大廳的處所，地板的大理石是流線型的圖樣，兩旁的梁柱鑲著小碎石，四周放置著許多高高低低的木箱，讓本該是乾淨形象的大廳堆得像是一間倉庫。

兩邊各有座旋轉階梯搭上二樓的瞭望走廊，走廊環繞整座大廳形成了一個正四方的結構，四邊對角各有個通往內部的通道，看起來這座建築似乎還能走往更裡面；天花板則有四方延伸出的支架相互交錯排列，也不知道是裝置藝術還是有實際用途，不過從材質和整體樣式來看，在大廳之上應該還有樓層。

如今，木箱上和二樓走廊則是站滿、坐滿了人，人數之多，讓扉空有些不安。

「咦？有新客人，是來委託公會任務的嗎？」

聽見男子的問話，原本站在一旁的花傘少女不疾不徐的回答：「他們是我之前跟您報告過，和錢鬼一起被抓回來的。」

「別這樣嘛，明姬。愛瑪尼雖然愛錢沒錯，但是也不用一直叫他錢鬼。那……為什麼抓他們回來？」

被稱為「明姬」的少女皺起眉，「我從『心』的口中聽到的回答是：『因為不知道是敵是友，而且和錢鬼有所接觸，所以就一起帶回來給會長處置了』。」

結果她還是沒改掉那稱呼啊……男子苦笑。

扉空轉頭望向那被陽光照亮的門口，門前站的是一名身形修長的男子。

男子白色的衫領微敞，金黃的背心整齊平扣，而套在外頭的西裝外套則是用著紅白方磚相間的布料製成；外套修飾整體的線條，讓身形看起來更筆挺，底下的黑色七分束褲讓嚴肅的衣服中帶著隨興的意味，腰間繫著的藍色巾布添加了色彩。

隨著彩色的布鞋一踩，表面有著小花豬圖案的滑板立刻翹直靠到男子張開的右掌。

男子右手伸至帽簷摘下有著七彩羽毛裝飾的低筒帽，最先映入扉空眼簾的是那頭順中帶亂的淡金短髮。男子的五官很深刻，除了那金中帶紅的雙眸，更特別的是那從兩邊耳郭延伸出的褐色羽毛，而且在頸後的髮尾處也連出一束比耳部羽毛要長上好幾倍的大羽。

雖然男子整體極具特色，不過讓扉空特別在意的是，對方頭頂上那兩根細長翹起，並垂落在額前的毛根。

——好像蟑螂。

心裡突然冒出的吐槽讓扉空忍俊不禁。

「你在笑什麼？」伽米加嘴不動的小聲問著。

扉空瞥了他一眼，努努嘴，說：「前面那兩根，像蟑螂。」

難得扉空會這樣直白的說出感想，看起來只要體認到對方和自己的朋友關係，以往的彆扭個性就會外放許多。

扉空也是個擁有各種情緒的人，只是習慣隱藏而已。

雖是不大不小的音量，卻也足以讓整座倉庫的人都聽見，空間瞬間靜默，直到不知道哪裡傳來的一聲「噗嗤」帶頭，瞬間笑聲傳開迴盪四周。

「會長，我早說了把那兩根剪掉你就不聽，你看現在連外人都覺得像蟑螂了吧！」坐在木箱上，有著一張漢子臉的大叔拍膝大笑。

「但是我覺得這是個讓大家認識我們公會的特徵啊！雖然真的是蟑螂標誌，噗！」趴在二樓欄杆的某貓女說完就彎下腰躲著笑去了。

明姬推了推鏡框，嘆氣。

倒是當事人完全不在意，男子伸手彈了彈前額的毛鬚。

「嗯……這樣比較有特色嘛。」

「有特色是沒錯，不過變成笑柄就不好了，您說是吧？」

哈哈笑了幾聲，男子伸出右手擋掉少女的犀利瞪眼，趕緊轉移話題：「好好好，我們不說這個。不是說愛瑪尼回來了嗎？人呢？」

男子問話一出，左方也傳來一聲物體被扔在地的悶響。

男子轉頭望去，看著被捆成一條毛毛蟲樣子的愛瑪尼，瞪大眼：「愛瑪尼，你就沒腳可以自己好好的走回來，一定要每次都被別人用綁著的扔回來嗎？」

「我哪知道知曉這個壞脾氣的就直接……噗嗚！」

後背瞬間被踩了一腳，愛瑪尼差點岔氣，苦著一張臉瞪著上頭的女子。

「誰壞脾氣？你再給我說一次看看！」知曉妳心挑高眉。

「不就妳這……噗哇！住手！別再踩了！好歹我也是副會長，哪是能給妳踩好玩的啊……唉呦喂！」

木箱上的白貓一躍跳了下來，在愛瑪尼的臉旁徘徊走了幾步，然後伸舌舔了舔。

「繡秀兒不准舔！舔了會拉肚子的！」

「不要把我說得像瀉藥似的！」

「不，瀉藥都比你高級，別侮辱瀉藥了。」

「知曉妳心——唔啊！哇噗！」

看著開始上演的毆打戲碼，男子無奈的搖搖頭，隨後視線落在扉空一行人身上。指著他們，

他有些遲疑的問：「那麼……你們跟愛瑪尼是什麼關係？」

「完全沒關係。」五人異口同聲的秒回。

「你們有必要回答得那麼絕嗎！好歹我們也是曾經共患難、同甘苦的……哇噗！」

旁邊傳來的抗議聲再度以岔氣作斷尾。

「所以你們真的是共患難……？」

「在提問之前，是不是該先自我介紹才是禮貌？」

話一出，男子馬上摘下帽子對著荻莉麥亞致意：「失禮了。」

重新戴上帽子，男子用拇指指著掛在身後、從屋頂延伸下來的巨大旗幟，白色的旗面上頭用著金線繡著一頭抬起足蹄的半身捲角羊，男子的聲音嘹亮，撼動整個空間——

「我們是公會『白羊之蹄』，而我則是公會的會長『波雨羽』，請多多指教了，各位。」

白羊之蹄，就如其名，外表看似溫馴，但若是碰觸到他們的逆鱗，則是一反外表，攻擊力強硬到令人畏懼。據說剛開始是由會長波雨羽一人創立，直至今日人數小有規模，雖然還是比不上名列前矛的公會地域大、人數多，但整個公會的團結力卻是堪比第一。

白羊之蹄之所以讓人不敢招惹的原因除了團結力強大，對於任務的執行力也是一流。雖然平常總是不引人注目的以解中級任務為主，但偶爾若是有發布比高等更上一階的「ＳＡ級」任務，而前排公會都無法解決任務時，白羊之蹄便會突然冒出接下，之後，完成任務的消息就會傳遍其他公會。

從此可知，白羊之蹄的戰力絕對是超過前排公會的，但是卻因為只接小任務，以及人數和經驗值的關係，讓他們遲遲無法進入排行榜裡，又或者是與波雨羽本身不喜歡搶鋒頭的個性有關。

也因為這種隱藏似的強大，許多人爭相搶著想加入白羊之蹄，也用盡了各種方法，但是最後都以失敗收場就是了。或許這也是為什麼白羊之蹄的團結力會如此強大的原因，除了會長的個性占一部分，最大的原因就是他們會嚴格篩選會員。

只要是「惡」的，一律不收，唯有能夠真心對待身旁的人、為別人著想的人，才有資格成為白羊之蹄的一員。

波雨羽因為希望而創造了白羊之蹄、這裡的人為了夢想而聚集，凝結了相同信念的人，力量自然大。不過卻只有少數人才能體會這個道理，波雨羽就是其中一人。

只要在這裡，就是一家人。

聽完伽米加的密音解釋，扉空只對這如同傳說般的創會過程嗤之以鼻。這樣聽起來這個公會應該是超級正派公會，又怎麼會不明事理隨便就把他們抓來這裡？

只要是「惡」，就一律不收成公會會員……如果人心有那麼容易被看穿，那麼這個社會就簡單多了。

不知扉空腹誹的波雨羽露出爽朗的笑，五指併攏指向站在一旁的明姬，開始介紹：「在你們身後的那位小女士是我們公會的會計姐『明姬』。順帶一提，明姬和我是同年。」

明明看起來像小孩子，結果卻與這會長同年紀？扉空有些訝異的想。

「至於那邊那一位漂亮的馬尾小姐，是我們白羊之蹄的公會專屬第三隊伍的隊長『知曉妳心』，而在她腳下那位被捆成毛毛蟲的『愛瑪尼』，則是我們公會的副會長。」

——這滿腦子金錢又多話又欠扁的傢伙是這個公會的副會長！？

扉空與其他人面面相覷，表情是明顯的錯愕。

「是拚命往外跑的副會長啦！每次都被人用捆的綁回來！」

伴隨著一聲附和，笑聲瞬間炸開。

波雨羽張開手，指著整座倉庫的人，聲音不大，卻十分宏亮：「這裡的人，是我最自傲的公會夥伴！」

「會長，你這樣我會感動到哭的啦！」

「就是說啊！會長，小心我半夜去偷襲你喔。」

從這些人的互動，不用多說，扉空一行人也看得出來這位公會會長非常深得人心。

「我說的是實話啊。」波雨羽笑著，他望向扉空一行人，「我已經介紹完了，那麼接下來我想要請問你們和愛瑪尼的共患難經過是……？」

「我們才不認識那種麻煩鬼。」座敷童子認真否認。

「我們莫名其妙就被抓過來了！」枚木童子不悅的瞪著眼說。

「我只想在他身上開個洞。」荻莉麥亞放出濃重的殺意。

「麻煩，麻煩，大麻煩。」扉空說出了精簡的看法。

聽著四人的話語，波雨羽捂著額，只能把得到解釋的希望放在伽米加身上。

而伽米加倒也不負所望，覺得四人的解答有說跟沒說一樣。苦笑著，他開始解釋他們打任務的過程，從進到宮殿裡發現山賊首領竟然是玩家愛瑪尼，到出來之後被粉紅煙突然放倒的事情說了一遍。

伽米加解說完，眾人心有戚戚焉。

「副會長，你自己胡鬧就算了，幹嘛拖累別人啊！」

樓上傳來某道替扉空一行人抱不平的聲音。

「而且居然被困住變成任務相關者，一定又是你那見錢眼開的個性，想說坐著等收錢也爽快，現在還好意思拖別人下水，真是……」

「拜託你有點副會長的自覺行不行？不要老是東跑西竄，我們這些人很累的好不好！」

一聲一聲搖頭嘆氣的斥責讓愛瑪尼撇嘴反駁：「變成任務相關者根本就是意外！」

「沒錯，錢不是萬能，但我說啊，沒錢根本就是萬萬不能！錢這種東西永遠都不嫌多，當然是越多越好哇哈哈哈哈哈——咳、咳咳！咳咳咳咳！」

說到最後還自己岔氣，這笨蛋。波雨羽一臉無奈。

收到自家會長的示意後，知曉妳心雖然面露不願，但還是移開了踩著愛瑪尼的腳。小刀一揮，綁著愛瑪尼的捆繩瞬間斷開。

「早叫妳解開，看吧，現在還不是要把繩子弄斷。」

愛瑪尼拿掉身上的斷繩，也不忘碎唸，當然又差點讓知曉妳心重新補上一腳，好在波雨羽阻止得快，才沒發生自家副會長被會員一腳踹掛回重生點的丟臉事件。

「好了、好了。愛瑪尼，他們剛剛說是你黏著他們，要跟他們一起組隊，是真的嗎？」

「反正我在這裡又沒有組隊，剛好他們是我的救命恩人，當然要以身相許！」

愛瑪尼拍拍胸口，一臉理所當然，但卻被扉空直接吐槽：「不用了。」

扉空望向波雨羽，要求道：「既然是你們自己的內部問題，那麼可以放我們走了吧？別浪費雙方的時間。」

「嗯……」波雨羽摸著下巴，作勢思考。

「會長！」

「副會長，你就別亂了，人家擺明就不想收你一起組隊，如果你真的那麼想要玩團體遊戲，我們『謎薩塔塔醬』有空缺，要進來嗎？」

「我才不要跟你們這群食物湊在一起！」

「不然我們『熱戀999』也歡迎你。只要你把賺來的錢三分之二貢獻出來當隊資。」

「你們比我還摳，我有那麼笨等著讓你們挖錢嗎！」

「那麼挑。話說那些人也不想跟你一組，況且他們也不是公會的成員，組一團說不過去吧？」

在白羊之蹄，有項只有公會成員才能組成團隊的隱規則。或許是從以前到現在只要組成團隊的成員都是白羊之蹄的內部成員，他們從來沒有和外團接合過，所以不知不覺間這便成為公會的特殊習慣。

也因為如此，公會內的數個隊伍即使人員拆團交換遞補，每個隊伍都可以在第一時間內重新培養好默契，但其他公會就沒這項優勢了。

「那讓他們加入白羊之蹄不就好了！可以吧，波雨羽？」

愛瑪尼閃著星光眼，企圖用著可愛目光博取同情，可惜這副樣子獲得在場人士瞬間反對。

「麻煩你們別自己說自己的，我並不想加入你們公會，更不想和你組成一隊。」扉空露出不耐的表情，再次要求：「請讓我們離開這裡。」

「扉空哥哥說的話我贊同！」座敷童子上前抱住扉空的右臂。

「認同。」枕木童子站到扉空的另一邊，朝著波雨羽露出強烈敵意，「大哥，不要因為我們人數少就想說可以欺負我們。」

荻莉麥亞用架槍動作表示同意的想法。

伽米加苦笑著搔頭，「大概就是這樣，扉空不想要，我們也不會接受，請讓我們離開。」

「耶！？那我怎麼辦？」愛瑪尼抱頭哀號。

「干我們屁事。」杦木童子揮揮手，厭惡的說：「拜託請別再浪費我們的時間又添麻煩，快放我們走吧。」

「波雨羽！」

愛瑪尼低聲一喊，陷入沉思的波雨羽抬起頭。

不知道為什麼，波雨羽嘴角的笑讓扉空突然覺得有些毛。

波雨羽舉起食指，提議：「不如就來個打賭吧。」

「咦！？」所有人同時訝異。

「你說……打賭？」

「是的。從你們的相處情況我看得出來，其實你們的向心力很強，而這凝聚力的中心就是那位『扉空先生』了。扉空先生，要不要來打個賭呢？由我一個人，挑戰你們五個人，如果你們贏了，除了你們可以離開這裡，同時我也贈送二十萬給你們作為賠罪；但如果你們輸了，請加入白羊之蹄。當然，加入之後你們絕對不會吃虧，只要你們有任何需要，白羊之蹄都會提供協助。如何？」

「我並沒有非得要答應的……」

扉空話語未畢，眼前人瞬間只剩下殘影，同時耳邊掃過一陣風，波雨羽不知何時竟已移動到他的身邊。

「麻煩請賣個面子給我，扉空先生。」

還來不及反應，腹部瞬間被一道強勁的拳力正擊！傳遍全身神經的麻痺讓扉空瞪大眼，他壓著腹部，猛咳著跪倒在地。

「扉空！」

伽米加衝往波雨羽，猛力揮下一爪。

「唰——」

爪子劃空。

原本還在的人居然消失了！？

伽米加訝異波雨羽的移動速度竟如此之快，同時鼻子嗅到味道，他趕緊抬起頭，只見波雨羽踏著滑板飛在半空，然後瞬間重重落下——

輪子正面砸上伽米加的臉，將他壓倒在地！

「失禮了。」波雨羽的聲音帶著異常的柔和。

「碰！碰！碰！」

波雨羽一腳踏翹滑板立擋在身前，子彈噠噠噠的射擊在滑板上，激盪出光亮火花，接著一聲爆音，巨大的火花在波雨羽前方炸開。

荻莉麥亞本以為攻擊成功，卻沒想到下一秒，踏著滑板的身影毫無損傷的從煙霧中滑出，朝著她俯衝而來。

咬牙，不敢多做猶豫的荻莉麥亞立刻換上雙槍，連續打出一發又一發的子彈，企圖阻止波雨羽的接近。

波雨羽壓低身子，銀白的氣息從滑板散發開來，像是雲霧般飄繞於波雨羽的雙腳，滑板的速度似乎更加快速，而波雨羽駕馭的穩定性也讓人吃驚——他踩著滑板輕盈的滑繞著荻莉麥亞，子彈從他的身前身後和頭頂掃過，就是沒能打中他一發。

「喀、喀！」

子彈用盡讓荻莉麥亞暗罵了聲，趕緊掏換彈匣，但在同一時刻，波雨羽轉眼之間竟出現在她

身前。

——怎麼會……!?

荻莉麥亞僵硬的表情出現鬆動的錯愕。

「抱歉了，小姐。」

雙手的手腕被制住，腹部應聲挨上一腳，荻莉麥亞朝後飛去撞上木箱!碰的一聲巨響，碎裂的木屑散亂噴出，散落一地。

隊伍裡的三名成人不到三分鐘就被獨自一人挑戰的波雨羽打垮陣亡。

波雨羽視線落在僅剩的雙胞胎身上，臉上的笑容從未變動過。

「那麼，就剩你們兩個了。」

座敷童子趕緊叫出鳳鳴槍，枕木童子則架起凰冥刀。

「嗯……這樣的話就真的不能不打了。」

滑板俐落的滑了個弧圈擺正位置，波雨羽再度用著讓人驚嘆的速度移動到座敷童子及枕木童子面前。

雙胞胎朝著波雨羽揮砍好幾刀，但是卻都被對方輕鬆的閃過。他們畢竟還是小孩子，就算擁有遊戲的偽裝，用來對付程式寫出來的怪物是可以，但若是遇見戰鬥經驗豐富的大人，還是敵不過的。

只見兩人的動作越來越大，也越來越慌亂，全身上下都是破綻。就在這一瞬間，波雨羽雙手同時探出，一手一把直接握住兩把武器的柄身。

波雨羽順手一扯——

兩個孩子禁不住強大的拉力往前摔倒！

脫手的兩把武器飛甩而上，咚咚兩聲，凰冥刀與鳳鳴槍直挺挺的插在波雨羽身後的木箱上。

座敷童子手腳並用的爬起身，看著發紅破皮的掌心，眼眶積淚。枕木童子則是忍著疼痛爬到姐姐身旁抱著她。

面對表現出絕對強大的波雨羽，別說那三個被一擊打垮的大人，這兩個小孩根本就毫無抵抗之力，只能膽怯的往後縮。

手掌貼著地，扉空用盡力氣撐起身子，視線先是捕捉到仰躺在地的伽米加，然後是另一邊倒在木箱堆裡的荻莉麥亞，再看見座敷童子與枕木童子互抱著向後瑟縮的樣子……步步逼近兩個孩子的波雨羽竟讓他產生了錯覺。

他抬起頭，四周的人只是看著，靜默的空間裡只能聽到那帶著危險氣息的輪子聲。

視線有些扭曲，從腹部傳來的陣陣疼痛讓扉空發麻，他不知道自己是怎麼撐起雙腳的，也不知道自己是什麼時候跑到雙胞胎身前抱住了他們，他只知道他的視線裡是扭曲的景象，是他所憎恨的……

波雨羽看著眼前直視著自己的金眸，那裡頭帶著絕對的扭曲及巨大的恨意。

伽米加一清醒，立刻壓著痛到不行的正臉掙扎著，從指縫間，他看到了抱著雙胞胎直瞪著波雨羽的扉空。

木塊被踢開，荻莉麥亞虛弱的翻了個身，抓著身旁的木箱狼狽爬起。

看了一眼醒來的兩位成年人，波雨羽的視線再度落回扉空的那雙眼上，嘴角垂下，他聲音輕淺的問：「扉空先生，你在看著誰呢？」

金眸未停止注視，波雨羽只能再次用著剛硬的聲音問：「扉空先生，你透過我在看著誰呢？」

扉空的雙眼微微顫動。

他在看著誰？

他在看著的只有那個人。

他恨著的那個人！

對著他們兄妹倆做出種種傷害的那個人！

但是……

咬牙，扉空垂下的眼帶著一直以來總是藏著的沉痛。

現在在他面前的，並不是「他」。

前額突然被人一彈，異樣的感覺從眉間的雪花傳來，扉空呆愣的摸著額，看著波雨羽露出笑容，豎著食指宣布：「這場賭，是我贏囉，扉空先生。」

波雨羽踩著滑板尾部將滑板轉了個方向，踏著滑板滑到明姬身旁。

「依照約定，請你們加入白羊之蹄。」

「從一開始我根本就沒有答應……」

嘴唇被併攏的指腹輕輕按住。扉空看著再度以驚人的速度來到他面前的波雨羽，訝異的瞪大了雙眼。

「扉空先生，要是一個人的心過於扭曲的話，不只會傷到自己，就連身旁的人也會跟著遭

殃，為何要緊緊的握住拳頭不肯放？」

靠在耳邊的音調不重不淺，但卻一字一句的流入扉空心底。這個人的行為、聲音和話語真的都很奇怪，有種讓人不得不聽的感覺。

波雨羽垂著眼，繼續說：「很抱歉，這次的獨斷專行讓你感到不舒服，不過我相信在你加入白羊之蹄後，一定會深深改觀的。」

「你們不是非善不收？」

一句反問，讓波雨羽笑了，而接下來他說出的話，讓扉空呆愣。

「是啊，就因為你們是『極善』，所以才希望你們能夠成為家人。」波雨羽將手掌放在扉空的肩膀上，笑著說：「其他事情我不敢保證，但是唯有看人這一件事情，我可是有著百分之兩百的把握……喔，已經回來啦，真快。」

尾句的話題轉換讓扉空不自覺的轉頭望去。

明亮的入口走進了八個人，每個人身上所佩戴的武器及種族特徵都各不相同。

帶領著隊伍走進大廳的少女有著松鼠特有的尾巴和漂亮的尖耳。

「喔喔喔！回來了呢！」

「歡迎回來！」

「任務辛苦囉！」

原本安靜的空間爆出歡呼。

波雨羽站起身，舉起手笑著打招呼：「歡迎回來，青玉！」

少女俏皮的轉了一圈，大大的張開手揮著喊：「我回來了！」

▶▶Loading...
第二伺服器
交換與代價，
蠱惑的初端。
Create Dream Online

摘下護目鏡，科斯特側身屈起身子，手也下意識摸向在遊戲裡被狠揍一拳的腹部，雖然不是身體實際挨揍，但那深刻的記憶瞬間灌進腦子裡還真是讓人不舒服。

「那個混蛋，以為用強迫的就贏了嗎……唔……」

「看來現實已經是早晨了，那麼請容許我提醒一聲，若是打著只要重新上線就可以離開這個地方的想法，這完全是大錯特錯的。在各位填好入會申請單之前，不管你們重新上線多少次，都會一直待在這個地方。那麼，我也差不多要下線了，晚上見囉！扉空先生和朋友們。」

那個該死的傢伙，他根本不該長著鳥羽，應該要長著狐狸尾巴才對！

他不像其他人可以賴床，整天的活動早已安排好了時間，對於強迫入會這件事情的處理方法根本還沒時間去理出頭緒就要下線了，在伽米加和其他人的嘆氣兼拍肩之下，他只能先離開遊戲，開始一天生活的進行。

「唔嗯——」煩躁的扒著髮，科斯特翻了個身離開床鋪，先到窗前打開玻璃窗後，才前往浴室去梳洗。

梳洗完後，他換上出門的服飾，穿上外套。

一切都整理完畢準備離開房間的科斯特在經過書桌時，看見了擺放在桌上的劇本。

遲疑著，最後科斯特的指尖掀開封面，閱讀著紙上一行行端正的黑色字體。

風從開敞的窗戶吹進房裡，溫柔的拂過臉頰，吹散一屋子的悶氣。

緊閉的門板打開。

石川離開倚靠著的扶欄，對著從公寓房間走出來的少年打招呼：「早安，科斯特。」

「……早。」

石川掏出手機，依照慣例開始說明今天一整天的行程——

早上十點要去市中心的廣場做公益形象宣傳，十一點半要在G6會議室開新歌會議，下午一點要以特別來賓的身分上「梅雅臺」的娛樂節目，下午三點要到愛亞小學與學生進行互動活動，下午六點要以菲爾特的藝人身分出席某位相關高層的酒會。

「以上是今天的行程。」石川看著神情僵硬的科斯特，明瞭的做出補述：「最後一項 BOSS 有交代，你只要去露個臉就可以了。如果想要打包餐點帶去給碧琳也 OK 。」

「……BOSS 有說可以打包餐點？」

「那句話是我額外加的。」

科斯特無言的眨眨眼。石川的玩笑話真是越來越冷了，不過如果真的能打包餐點倒也沒什麼不好……等等，他在想什麼！？

腦裡的想法讓科斯特的表情出現微妙的扭曲。

「你手上拿著的是什麼？」

突然的詢問讓科斯特順著石川的視線低頭看去。

石川在問的是他手中拿著的劇本。

沉默了一會兒，科斯特抬頭問：「石川，你覺得我該不該答應夜景項的邀約？」

沒想到科斯特會自己開啟這話題，石川感到有些訝異，但隨即輕咳了聲掩飾剛剛的失態，回答：「以我的立場，我覺得夜導演這次的邀約對你來說是個非常好的機會。雖然你一開始的形象是定位在偶像歌手，但我認為朝著其他領域去接觸，只要發展得好，對知名度的提升一定是有很大的助益。不僅如此，這情況對你本身也是非常有幫助的。」

「我本身？」

「是的。」石川露出柔和的神情，說：「科斯特，或許對你來說，你認為靠著自己一個人是應該的，是對你和碧琳的保護，雖然不是錯，但是……過度的封閉會讓其他人遠離你。」

「這樣不好嗎？」

他和碧琳就這樣相互倚靠著對方不可以嗎？

有點像是故意的反駁，很脾氣化，但也帶著迷惘。但是這樣的話直接問出，也讓科斯特自己嚇了一跳，他以前絕對不會這樣扔出問題。

「以我的角度，當然是希望你可以讓自己看見的風景大到廣無邊境。這世界很大，科斯特，用著狹隘的目光是無法維持一輩子的。」

熟悉的話語讓扉空一愣，他很訝異石川和伽米加竟然說出了相似的話。

「當然，這只是我的想法，真正做出決定的還是你自己。我這樣問吧，科斯特，對你來說，你想要怎麼做？」

他想要怎麼做……

科斯特低頭看著那印著「月華夜」一詞的劇本，腦海除了想起碧琳的笑臉，竟然也多了和伽米加他們一起相處的回憶。

他討厭夜景項注視自己的目光，那如同看戲般的表情讓他極度厭惡，但他不能因為討厭而討厭。畢竟無可否認的，他當時沒有扔掉劇本，更別說回家後把劇本全讀完了，並且為這個故事感到興趣。

他想要做這件事情。

他想要握住這個機會。

第一次他不再抗拒自己真正的想法。

垂下總是刻意矜持的眼眉，科斯特遞出了劇本，做出了第一次的主動要求。

「石川，幫我聯絡夜景項，我要接下這部戲。」

直立的木椿架構起空間，不管是家具的排列或是牆壁上特地訂做的書櫃，全都散發出一股簡潔的力道。因為特別設計的關係，光是靠著從窗戶照射進來的陽光就可以讓室內明亮清楚。

突然響起的悠揚和弦打破原有的寧靜，男子端著一杯咖啡從廚房來到客廳的沙發前，接起了電話。

「你好，我是夜景項。」

習慣性的自我介紹，在電話那頭的聲音傳來後，夜景項的表情明顯一愣。隨著時間漸漸過去，夜景項在一聲應「好」的聲音下切斷了通話。

放下手機，嘴角揚起，夜景項啜了口咖啡。

「沒想到他會主動答應，這還真是意外。本來以為會是公司強迫呢……不過這樣也好，倚靠自己的意願對我來說……不，對這部電影來說才是需要的。」

他放下杯子，陶瓷與木板輕聲碰撞。

夜景項摘下手上的電子錶，隨手放在沙發旁的矮桌上，另一旁還有一個鑲著橘色液晶視板的護目鏡。

看著那兩樣設備，夜景項不自覺的露出愉快的笑。

他拿起放置於桌面的銀框手錶戴上，並抓起披在扶手的西裝外套穿上。

「那麼，該去討論勘景的事情了。」

▲▲▲◎▼▼▼

石川坐上駕駛座，將裝著餐點的紙袋遞給坐在副駕駛座的科斯特。

「接下來要直接過去愛亞小學。先吃點東西。」

科斯特摘下墨鏡，睡眠不足的雙眼有些紅絲，他揉揉眼，紙袋透出的暖溫就像被窩一樣。看著就這樣抱著紙袋直接往旁邊歪斜、睡眼惺忪的靠著窗戶不知道是睡著還是醒著的科斯特，石川伸手從他的頸後繞到另一邊的肩頭將他扶正，好笑的說：「紙袋裡面有飲料，小心翻倒。」

「喔，有飲料……」重複完，科斯特的眼皮再度沉重的垂下。

從早上開始就馬不停蹄的跑活動，連中餐也只是先用麵包隨便果腹後就直接上節目錄製，趁著前往舞蹈教室之前的空檔，石川在路途中買了餐點想讓科斯特補充體力，畢竟這種不規律的生活作息對身體可不好。雖然科斯特本人根本完全不在意……不，應該不是不在意，而是強迫自己撐下去。

和科斯特相處以來，直至今日，石川也慢慢的知曉科斯特的個性。

除了逞強，他想不到其他的形容詞。

如果不是那偶爾透出的疲累，他真的忘了科斯特還只是個十九來歲的少年。

——既然他都睡著了，那也沒辦法。算了，等他醒來之後再吃吧。

將紙袋從科斯特的懷裡取走、改放置在中央的置物箱，石川側身抓來後座的毯子，細心的蓋在科斯特身上。

靠近，讓他看見了科斯特那覆蓋著陰影的長睫毛。

他還記得一開始和科斯特見面，若不是資料上的性別欄填著「男」，他真的差點因為這長相而以為對方是個高中美少女。

然後，他們就這樣合作、相處了兩年多。

「是不是有點像家人了呢？」

低下頭，他看見了對方即使在睡夢中也依然緊握著的拳頭。

石川伸手拉起那拳頭，將它攤平後，安置在被毯裡。

「既然都睡著了，就別再緊握不放了。」

低聲囑咐，是石川一直以來的關心。他覺得駝負在這孩子肩上的重量實在是太重了，他希望科斯特能放下。

石川繫好安全帶，發動車子，在車流的空檔間駛進車道，絲毫沒發現身旁的少年微微的睜開眼，隨後又再度閉闔。

紅色的跟鞋踩過銀白的地板，倒映出模糊的冷紅色人影。

節奏性的敲擊聲響與灰色的陰影一同前行、晃動，宛如惡魔獰笑的臉譜。

摻雜玫瑰香味的香水與空調融糅在一起，迷散於空氣中。

「叩、叩。」

隨著步伐的停止，潔亮的白袍晃了個弧度，玻璃纖維的門板朝右滑開，林月走進房間。

房間是個約八十坪左右的廳室，廳室裡空曠無任何家具，有的只有冰冷灰白的鋼牆，金色的光路流竄在牆上的微小隙縫裡，如同攀爬的錦蛇，全部流往前方的巨大機械中。

那是臺擁有巨型螢幕的電腦。

在林月指尖溫柔的撫過鍵盤般的按鈕時，原本流竄著水紋的藍幕突然轉了調，變成了一座擁有銀白空間的場景，場景內堆置著許多的玩偶，雖然是有些距離的遠景，但還是可瞧見玩偶堆上躺著的微小人形。

那彩色中唯一的純白，是她一直以來的夢想，遮掩在那無法補缺的腐爛傷口下唯一的祈禱。

「終於……終於讓我們等到了這一刻……」林月望著那螢幕中的人影，眼裡有著隱匿的情緒，聲音帶著興奮的顫抖：「我們期待的未來終於快來臨了。」

林月伸手撫上螢幕，眼神緊盯著那玩偶上的白，眼裡是數不盡的渴望。

她渴望著能夠一償宿願。

她渴望著能夠看見那人挫敗的表情。

她渴望著那些傷害者能夠得到報應。

她渴望著……

林月的手掌下意識探往平坦的腹部，深深的閉上眼。

「如果孩子還在的話，就好了。」

細語帶著無聲的哀鳴。

手指顫抖著縮緊，林月跪倒在地，一拳直接搥打在鋼灰的板面，塗紅的指甲陷進掌肉裡。

玻璃門傳來開啟的聲音。剛進到實驗室的格里斯看到的便是這樣的景象，他本想上前，卻見跪在地上的林月自己抓著機器的檯面爬起，紅色的跟鞋晃了兩晃，然後站穩。

林月抬起頭，看著螢幕上的某一角，眼裡原有的哀戚一掃而去，化為一抹貪婪的笑。

「過去就過去了，對吧？反正現在還有你陪著。」

原本低垂的嘴角揚起了弧度，她輕柔道：「與那一位見面的時間到了呢，該跟你說再見了。喔，別怕，媽咪很快就會回來的，要乖乖的等媽咪回來呦～」

一轉身，林月望見站在門口被瀏海遮住一切表情的男子，先是一愣，隨即踏著優雅的步伐從格里斯身旁擦肩走過。

「妳還是……決定要這麼做嗎？」

林月停下腳步，側著頭。

「我們等了那麼久，為的不就是這一刻？」

「但、但是……」

「要是你反悔的話可以走，格里斯。」林月的眼裡不含一絲情感，「你可以回到我們曾經待過的那個地方。但我，絕不會回去那些屠殺者所在之地。」

喊出那個辭彙的同時，林月的表情一瞬間變成了猙獰，咬著的唇瓣塗抹著如同血液般的鮮紅色澤。

「他們，可以輕易的毀去我珍貴的東西；那傢伙，可以用一句話就將我趕離我付出所有心血的地方，我要讓他們後悔……我要讓柳方紀還有那些傷害過我和孩子的人後悔！摧毀他們的夢想！摧毀他們的未來！我要讓他們變得跟我一樣，永遠的絕望！」

瘋狂的嘶吼吶喊，是她一直以來被傷害的痛。

他怎麼可能不懂？一直以來，總是在她身後看著的他怎麼可能不懂？

「但是林月，妳……」

拍開格里斯探來的手，林月深吸一口氣，用絕美的笑顏取代剛才的猙獰。她傾身靠在格里斯的身上，雙手環繞在那打著西裝領結的頸部，黑色的眼眸裡不再擁有以往的純真，而是不變的絕望與瘋狂，雖然如此，卻也是種病態的美。

「吶，格里斯，你要丟下我，回去柳方紀那裡嗎？」

林月的指尖撫上那總是被瀏海遮掩而看不清的面容，指尖傳來的是種粗糙的觸感——一片遍布右邊額臉的燒傷深疤。

「和我一樣的你，要扔下我，自己離開嗎？」

格里斯沉默著，隨後他握住了那放在自己臉上的手，低喊著：「我會一直在妳身邊。」

他的回答讓林月笑了。而這樣漂亮的笑臉，卻讓格里斯看得發愣。

就在那一瞬間的失神，被他握著的手掌突然抽離。

林月轉身，黑色的長髮隨之擺動，馨香飄散。

「走吧，格里斯。與桑納先生見面的時間到了。」

一聲輕語，林月紅豔的唇角上揚，邁開步伐離開了實驗室。

從離去的白色背影上收回視線，格里斯低頭看著那感染失落的手掌，縮起五指，緊握。

「我一直都在妳身邊。」

低語，是種心酸的漫長等待。

「但妳，什麼時候才會放棄追逐那個人，轉身看看我？」

「到前面的路口就可以了。」科斯特說著。

石川一愣，「就快就到公寓了……」

「你不是要趕回公司一趟？我直接在那邊下車走回去就可以了，這樣你從前面的路口就可以順著繞去公司，不用再迴轉。而且我也想要去便利商店買點東西。」

石川一邊注意路況，一邊露出訝異表情。

「……科斯特，剛剛的話是你說的嗎？」

「怎麼了嗎？」

「不……只是第一次聽見你這麼誠實的說出體貼的話，而不是像之前一樣悶在心裡。」

「我哪有。」科斯特皺起眉。

「有。」石川笑著，回憶著述說：「之前如果我有接到必須回公司的通知，你都會像是想要說什麼的憋著一張臉。」

「我哪有……」科斯特這次回話的語音弱很多。他才沒有憋著一張臉，只是不知道要用什麼樣的語氣來向這位經紀人說明不用麻煩多開那趟路程的話。

轎車的方向燈一閃一閃的亮起，石川將車子從車陣中駛出，然後停在路旁。

「自己回去真的沒問題嗎？」

讓科斯特一個人回去，石川還是有點擔心。

「我不是小孩子。」

言下之意就是這只剩下兩百公尺的路程他根本不用多擔心。

科斯特解開安全帶，戴上掩飾用的鴨舌帽，打開車門下了車。

「科斯特。」車窗降下，石川微笑點頭，「謝謝你的體貼。」

科斯特一愣，壓低帽簷，有些慌張的嘟囔：「那個……有什麼要我一起幫忙買的嗎？綠燈了，快點走吧。」

噗……問了問題都還沒得到回答就急著要他離開嗎？雖然這樣想有點沒良心，但是科斯特這困窘的樣子才符合年紀嘛！

「那麼幫我買一盒『媽媽家』的涼麵。直接放在門口就行了，我很快就回去。」

「喔。」

「有任何事情馬上聯絡我。」

「嗯。」

石川笑著做出道別後，重新打起方向燈，方向盤一轉，轎車往前駛離路邊。

科斯特目送車子融入那片光流裡，拉了拉帽子，走進便利商店。

沒多久，科斯特出來時手上已經多了一個提袋，裡面裝的除了有石川要的涼麵，還有OK繃和消炎藥劑。

石川常常說他不會照顧自己，不管是做事還是練舞都不懂力道，差不多每三秒就多一道瘀痕，他倒覺得根本是石川那擔憂個性在誇大，他哪有每三秒就撞個傷……

摸了摸下午因為被小朋友推擠而去撞到地板的膝蓋，科斯特皺起眉。

這次可真的不是他自願去撞的，小孩子就是這樣活潑好動，他哪有辦法。

科斯特無奈的哼口氣，走到斑馬線前等待綠燈。因為入夜的關係，燈光看起來比白天明亮很多，左右來車快速駛過，徒留一束束尾燈光跡，科斯特掏出手機看了下時間。

「那個人看起來好像……」

「會不會真的是……」

旁邊傳來了竊竊私語，科斯特好奇的轉頭，結果就看見兩名穿著制服的高中女生露出驚喜的表情。

「真的是科斯特耶！」

好在這裡距離商圈有些遠，所以人潮不多，不過這樣的興奮話語也惹來旁邊人的注目。

人行燈在此時變成綠燈。

科斯特趕緊壓低帽子，慌張的跑過斑馬線，直到確定沒人追過來後才放慢腳步，緊張的精神一放鬆，他小小的喘著氣。

果然應該讓石川送他回公寓，明明才一小段路，怎麼還是被發現了？

不過也是，前面就是菲爾特的藝人公寓，這段路當然也會有許多人在注意。

看來只靠帽子還是不行，光是他這髮色就露餡了吧。下次他是不是該戴頂假髮？

走在圍牆旁的人行道，科斯特搓著瀏海的髮絲思考著，突然，視線捕捉到一角。

前方有個人靠在公寓的圍牆旁，靠著路燈的光線他大概可以分辨出對方是名女性。當然，如果是行人倒也沒什麼好在意的，不過這裡是藝人公寓的外圍，通常會在外面徘徊的不是狗仔記者，就是追星族。

但據他所知，最近的記者幾乎都跑去追某位前輩的大緋聞，應該不太有人會在這裡埋伏才對。難道是追星族？

不過對方身上的穿著又不像，畢竟他可沒見過有哪個追星族或記者會穿著一件實驗袍，但是不是偽裝又不敢說死……他是不是該避開呢？

想著的同時，科斯特才剛要挪移步伐，原本靠在圍牆的女子突然轉頭朝他望來，那雙黑眸帶著異樣的光采，彷彿是夜裡捕捉老鼠的貓兒。不知道為什麼，科斯特很不喜歡那雙眼。

因為被對方發現了，科斯特也只能低下頭，硬著頭皮快步從那人面前走過。

就在經過的那一刻，女子紅豔的脣角揚起，那是種帶著虛恍的語調。

「桑納先生。」

腳步頓時止住，科斯特因為對方喊出他的姓氏而感到錯愕，因為他很確定自己並不認識這個女人。

「妳認錯人了。」

帽子比剛剛壓得更低，科斯特才剛準備繼續走，沒想到對方的下一句話卻完全剝奪他的離去意願。

「喔，是嘛？那就是資料錯誤囉。」女子低低的笑著，聲音如同過甜的蜜糖：「科斯特．桑納，目前年齡十九歲又九個月，是菲爾特經紀公司的旗下藝人，以歌手為主職。嗯……我想想……自從母親去世後就成為酗酒父親的施暴對象，也因為身上帶傷和累積下來所養成的孤僻個性讓你在同儕間被排擠，然後在中學一年級的時候離家出走，和家人從此失去聯繫。噢，不該這麼說，應該說，『你們』的父親失去了與你們的聯繫。」

「對了，我漏掉了一項。」鞋跟敲擊地板的聲音停在身側，女子紅豔的唇靠在科斯特的耳邊，嗓音溫柔：「你和你的母親長得很像。」

一拳揮來！

林月往旁一偏輕鬆的閃過，左手一伸直接抓住科斯特揮拳的右手，再一拉，兩人瞬間距離縮小了好幾步。

被掐著的手腕傳來疼痛的痲感，近距離直視那張豔麗臉龐，科斯特聞到了濃重的香水味，濃烈得像是刺人的玫瑰。

「對女士出手可不是好男士所為喔。」

林月塗抹著紅色指甲油的手指像是逗貓般的輕撫過科斯特的臉頰，漂亮的唇形隨著話語一張一闔，本該是帶著誘惑的顏色，在科斯特眼裡卻像是吐信的蛇蠍。

「『碧琳』真是個好名字呢，相信你的妹妹應該不會像哥哥這麼暴力才是。」

科斯特的臉瞬間扭曲，一股力湧上來直接推開林月，惡狠狠的吐出話：「妳到底想要做什麼！」

知曉他的過去、知道碧琳的存在，這女人，絕對不是那些喜歡挖八卦的記者，也不會只有那麼簡單。

林月十指指腹互相貼著，像是在跳舞般的轉了一圈，她笑瞇著眼。

「警戒心那麼重可是談不攏合作的，我不會危害你的妹妹或是對你出手，我只是希望你可以幫忙我完成一件事情。」

「不管是什麼事情，我都沒有那個義務非得幫妳。」

轉身想走，林月的話語卻再次阻止了科斯特的腳步。

「即使你妹妹的雙腳有機會能夠再次行走？」

這女人，她到底在說什麼？

碧琳她……碧琳她的腳有機會可以好起來是嗎？

她可以讓碧琳好起來是嗎！

看見科斯特腳步的遲疑，林月知道自己的話語起了作用。畢竟啊……對她眼前的這個人來說，最重要的就是那一位可憐的妹妹了。

高跟鞋一晃一晃的繞到科斯特面前，林月將手放在自己傲人的胸前，「想要有獎賞，自然就得先做事情才是。那麼好哥哥，你的決定呢？」

「……妳想要我做什麼？」

緊握的五指深陷掌肉壓出深深的紅痕，科斯特努力壓制翻湧的情緒。

「啊！抱歉抱歉，居然沒先告知任務內容。嘛……該從哪裡說起好呢？簡單來說，我有個東西，想麻煩你替我帶進去《創世記典》裡面。」

「《創世記典》！？」

為什麼要他帶東西進去遊戲裡面？

他又要怎麼帶？

科斯特完全摸不著林月的想法。

「是的，該怎麼說呢？大概就是一項測試實驗，測試看看……」林月舉起雙手，食指與中指比著兔耳標誌，彎了彎，「從外部進入到核心的攻擊會有多強大，《創世記典》的防禦機制夠不夠強。」

「妳要……攻擊《創世記典》！？妳就不怕我把妳今天說的話傳出去？」

——這女人是瘋了吧！

——而且，為什麼要他去破壞一款線上遊戲？這根本毫無理由啊！

「我知道你不會的。」林月舔了下唇，漾起一抹深深的笑，「因為你很聰明，知道什麼對自己才是最有利。」

既然她手上有著他所有的資料，連碧琳的存在都知道，那麼一定也會知道碧琳在哪，想用碧琳威脅他幫忙是嗎……這個混帳女人！

「當然，如果你答應了，只要一完成，我保證馬上給你應有的獎賞。你的妹妹是要一直可憐的住在醫院裡，一輩子只能靠著別人推輪椅才能看見窗外的風景，還是……」林月將右手搭上科斯特的肩，靠在他耳邊，像是蠱惑般的呢喃：「因為哥哥的幫忙，而有一個重新站起來的機會。」

「我怎麼能相信妳說的話就是真的。」

突然冒出一個人說有著可以治好碧琳的機會，他再怎麼想也覺得可信度過低，但是……

「你不得不信。」

他現在除了信，還有別的方法嗎？

科斯特深吸一口氣，咬牙問：「……碧琳……真的能好起來？」

「只要你做得好。」

林月掏出一張名片遞到科斯特面前。白色的紙印著燙金的字，上頭寫著「林月」這名字。

林月黑眸裡的光影扭曲閃爍，「強迫別人對我來講也不是喜歡做的事情，等你考慮好之後再電話聯絡，當然，你也可以拒絕……不過我更希望的是能夠收到你的好消息。我想你應該也清楚，你妹妹的身體，可不像她所表現出來的那麼樂觀吶。」

科斯特雙手緊握成拳，出力讓他整個人微微發顫。

林月看著科斯特用盡全力隱忍的樣子，原本抵靠在自己唇上的手指挪移了位置，輕輕的撫過科斯特咬到發白的嘴唇，她愉悅的嘆息。

林月雙手輕輕環繞過科斯特的肩頸，傲人的酥胸毫無距離的貼上，那懾人的香氣濃重薰心。吐露氣息的唇貼在耳側，林月的聲音如同惡魔的讒言：「那麼，希望你不會讓我久等，科斯特。」

揮了下手作為道別，林月扭身離去。

隨著步伐，鞋跟聲逐漸遠去，最後連同身影一併隱沒在黑暗之中。

▲▲▲◎▼▼▼

當石川從電梯出來後，看見的就是直直站在他家門前的科斯特。

「科斯特，你站在這裡做什麼？有事嗎？」

面對門板的身影一愣，科斯特緩慢的回頭，原本呆滯的眼神在看見石川後才突然回神。沉默了一會兒，科斯特舉起手上的提袋，說：「你的涼麵。」

「我不是說放在門口就可以了？」

石川苦笑的從科斯特身旁走過，掏出鑰匙準備打開門。

——等等。

「你不會站在這裡一個多小時了吧！？」石川提出疑問。

「……不知道。」

——那就沒錯了。

石川嘆口氣，接過提袋，發現裡面不只有涼麵，還有幾樣醫療用品。將涼麵拿起，石川遞還提袋，問：「說吧，你又在想什麼了？」

再怎麼遲鈍的人都看得出科斯特有心事，更何況是這麼明顯的把「我有心事」這詞大大的寫在臉上，完完全全不像平常的科斯特……才放他一個人自己回公寓，怎麼就變成這副樣子了？

石川無法看透科斯特現在腦海內複雜翻騰的想法。

科斯特一直在想著那名叫做「林月」的女人的話。

他不知道為什麼對方會找上自己，要他去做出危害一款線上遊戲的事情，別說牽連出來的事端到時候會有多大，更何況遊戲公司跟他又無怨無仇，去弄垮人家根本說不過去，要是之後被發現他是中間人……但是一想到碧琳那患病多年的身軀可以有機會好起來……

他真的不知道該怎麼辦。

「石川。」

「嗯？」

科斯特垂下眼，他不敢直視石川，就怕石川會看透他的煩惱。

「如果，碧琳的腳可以好起來，但是……」困難的嚥了口唾沫，科斯特的手握了又鬆、鬆了又握，最後他深吸一口氣，才又繼續說：「但是卻必須用整個世界的未來來換……如果是你，你會怎麼做？」

石川有些呆愣，「你怎麼突然問這種科幻性的問題？」

──什麼叫做用整個世界的未來來換？

──這小說情節式的對話是怎麼回事？

「……沒什麼，隨口問問。」別過頭，科斯特轉身走到自己的房門前，掏出鑰匙打開門。

原本黑暗的空間自動亮起燈光，照亮整個屋內。

「科斯特！」

科斯特回頭。

石川露出了擔憂的表情，問：「我回去公司的時候，是不是有人跟你說了什麼？」

科斯特的視線閃爍著飄移，最後他還是放棄全盤托出。垂下眼，他露出微笑說：「我什麼人都沒有遇到。」

不再理會石川還想繼續追問的表情，科斯特走進房內，關上了門。

林月說得對，他根本說不出口，跟任何人。

勾著的指尖垂下，裝著物品的提袋摔落在地。科斯特抱著頭，靠著門板整個人屈身蹲下。

如果是之前，他肯定會毫不猶豫的答應林月的要求。但是現在，在那個遊戲裡他卻認識了重要的人。

他是要為了碧琳，而去摧毀那些人的夢想……

還是要為了那些人，去放棄碧琳重生的機會？

他到底……該怎麼做才好？

誰來告訴他，他到底該怎麼抉擇？

▶▶Loading...
第三伺服器
那名叫「青玉」
的松鼠少女……
Create Dream Online

「扉空！」

看向朝著自己走來的其他人，扉空突然不知道該將視線放在哪，只能低頭看地板。因為他沒法抉擇，所以就故意忽略、不去想，但他躲到線上遊戲來，看見這些時日一起相處的人，反而更覺得心虛。

他居然有想捨棄他們來換碧琳重新站起的想法，第一次扉空覺得自己好自私。

「扉空，你覺得我們該不該加入他們？不加入又不放我們走，那個叫波雨羽的真是有夠賊的。」伽米加無奈的撓撓鬃毛。

「隨便你們。」

「咦？」

扉空直接挑了旁邊的木箱坐了下來，低頭盯著地板的花紋，心不在焉的重複一次：「我說隨便你們。」

「扉空哥怎麼一臉沒精神？是沒睡飽嗎？」

「杺木你是笨蛋啊！我們現在就是因為睡覺才能進來《創世記典》，你是今天被阿虎敲到腦袋壞掉了嗎？」

「誰被敲到腦袋壞掉！座敷妳才是吧，路那麼平居然還走到摔倒，笨死了！」

在你一聲、我一句的回嘴之後，座敷童子和杦木童子又吵起來了，而這次除了有伽米加擔任勸架角色，還多了幾名白羊之蹄的會員在裡頭。

「你有心事？」

「沒什麼。」

扉空抬起頭，看著站在自己面前的荻莉麥亞，撇開眼。

雖然他們認識沒幾天，但荻莉麥亞也看得出來扉空是個挺會把事情悶在心裡的人。扉空不肯說，她也不能勉強。

「如果你願意說，我們就願意聽。」

他該怎麼說？

說有人要他破壞這款遊戲？

還是說他想要用他們所嚮往的這個世界去換取碧琳可以行走的自由？

自嘲的笑了聲，扉空對著走往人群方向的荻莉麥亞的背影，輕聲說著：「對不起。」

他不知道自己是怎麼了，就算煩惱也不應該遷怒別人才是。

在他苦惱的同時，一道細碎的腳步聲在他前方停下。那是他在下線前所看見的，帶著一群公會成員回到這座倉庫，那名叫做「青玉」的松鼠少女。

青玉好奇的目光繞著扉空打轉，棕紅的眼眸晶亮不已，身後的軟尾隨之輕晃，最後她停在扉空面前，瞇眼笑著。

「喔喔，你就是會長說的那個『扉空先生』嗎？真的跟他說的一樣，看起來好漂亮喔！」

聽見「漂亮」那個字眼，扉空立刻敏感的回嘴：「我是男的。」

「嗯，我知道啊！我聽說那些男生第一眼都把你誤認成女生，我是不曉得他們是怎麼看的，不過我們女生全都一眼就看出來你是男的呀！」

青玉的話語讓扉空緊繃的神經鬆了不少，沒來由的頓時增加對青玉的好感。好啦，他就是很討厭別人總是誤認他的性別，能遇見用這正常目光察覺的人，當然就會添增好感。

這麼說來……他記得與荻莉麥亞剛見面的時候，她也沒有提到任何把他當成女生的字眼。

「我可以坐在你身旁嗎？」

見扉空沒有回答，青玉就當他默許了，逕自挑了個空位坐下。

「那我先自我介紹一下，我叫做『青玉』。」

他知道，他下線前就聽見那些人的熱烈歡迎，所以想不記起名字都難。他也推測青玉在白羊之蹄裡面應該是個有著舉足輕重地位的人。

「……我叫做『扉空』。」

扉空還是做了禮貌性的回應介紹，雖然對方早已經知道他的名字了。

青玉點點頭，好奇提問：「扉空你今年多大？」

「……為什麼問這個？」

反問，也讓扉空自己感到訝異。他對其他不熟的人最多也止於自我介紹，並不會更多的去回答對方的問題，而他現在居然直接脫口反問。

「不然我不知道該在你的名字後面加什麼稱謂啊。」

雖然他與這少女從見面到這樣近距離面對面也不過幾分鐘的時間，但是在她身上卻能感受到一股平靜的感覺，就好像待在她身邊、聽她說話、回答她的問題，是很理所當然的事情。

他剛剛的煩惱好似拋諸腦後。

青玉舉起手指細數：「看是弟弟還是哥哥，不然就是平輩的喊名字。所以扉空先生，你幾歲呢？」

青玉每個表情都生動靈活，看著她，扉空思考了一會兒，回答：「十九歲。」

「嗯，十九歲啊……那我就要加上哥哥了呢！」青玉笑著提議：「不如我就直接喊你『扉空哥』吧。因為疊字好饒舌，哈！」

不知道為什麼，扉空看著青玉露出的笑容，心裡油然而生一種奇妙的感覺——總覺得，胸口的地方有些悸動。

「那就這樣吧。」

「嗯，好……啊！明姬姐。」

隨著桃色的花瓣粒子盤旋，撐著花傘的身影出現在空地。

明姬一出現，在場所有公會成員都紛紛打招呼。

點頭表示回應，明姬朝著四周觀望搜尋，最後視線落在扉空與青玉所在的地方。

看見撐著花傘來到自己面前的明姬，青玉笑著揮手，問：「我不在的這段時間還好嗎？」

「只要波雨羽別惹事就是最好了。」明姬邊說，邊從側背小包取出幾張紙，遞給扉空，「入會申請單。」

看著沒有接過意願的扉空，明姬再補上一句：「快點填一填交給我，省麻煩。」

「我從一開始就沒有答應那個什麼鬼賭注。」

怎麼這公會的人都是這樣自顧自的想法，完全不理會別人說什麼……嘖，他怎麼覺得有點頭疼……

「確實是這樣沒錯。」

「那妳還……」

「不過在白羊之蹄的地盤，會長說的話就是一切。」

扉空扔了一枚瞪眼，而明姬則是毫不在乎的轉著花傘。

眼見氣氛凝僵，青玉哈哈笑著打圓場接過那幾張紙，對著明姬小聲說：「我來處理吧。」

「……單子填完拿來給我。」

青玉比了個 OK 的手勢。

轉身面對扉空，青玉雙手握著紙說：「會長有跟我說過和你們之間的協議，當然我也有向其他人求證過，好像你們是被強迫入會的，嗯……其實我不敢說我們公會很強大、第一名、加入之後保證絕對不會後悔什麼的。不過，以我個人來說，這個公會就像個家一樣，待在這裡有時候就會不禁這麼想——能夠認識大家，真好！」

「但那也只是妳個人的想法。突然被強迫加入賭注，又被揍一拳，怎麼想怎麼不爽。」重新憶起，扉空感覺被打的地方好像又開始疼了。

青玉慌忙揮手：「啊啊！會長的做法確實有些過分，有時候也挺莫名其妙的，不過他是個好人，說到這……」將白紙靠在下巴，青玉好奇的說：「我還是第一次聽到他用這麼突兀的方式要求別人加入公會呢。」

「都是那個死要錢的。」扉空咬牙切齒。

——那個會長護短也護得太明顯了。

「哈哈，副會長確實也給你們添了不少麻煩，大家都說這事端全是因為副會長想跟你們組隊才……真的非常不好意思。」

扉空看著青玉道歉的樣子，突然覺得有些煩躁，他撇開眼說：「跟妳又沒關係。」

「咦？啊……」

青玉望了扉空幾眼，她小心翼翼的再度走到旁邊的空位坐下。

將紙張放在大腿上，青玉抬頭看著前方的人群，有幾個剛上線的人揮手和她打招呼，她也揮手回應。

「……妳很受歡迎。」

青玉一愣，微笑著。

「因為我是他們的家人呀。你也可以呦，成為我們的家人。」

家人。確實是很心動的詞，但在他的心裡，他的家人就只有那麼一個，也只剩下那一個，他並沒有和這些人成為家人的打算。

雖然他的這個「不願意」根本沒人放在眼裡。

「扉空哥哥！」

突如其來的一喊讓扉空抬眼望去，只見座敷童子衝出人群跑到他面前，握拳興奮的說：「扉空哥哥，他們說只要我們加入公會，就要請我們吃中央冰店限量的華麗聖代耶！」

——慢著，妳只靠甜點就被收買了嗎？

下一秒，枕木童子也指著旁邊的人大聲說：「扉空哥！他們說只要我們加入，就要教我爬牆技巧耶！」

——你學爬牆做什麼，又不是要當小偷！

對於這兩個小孩的未來，扉空深感苦惱。這樣下去怎麼得了……

只可惜他這憂心國家未來棟梁的煩惱在下一秒就被伽米加擠跑了。

「扉空！這兩個漂亮妹妹說我這百獸之王帥氣得很，要跟我約會呢！我覺得這公會真的是太棒了！」

「你跟著小孩子起鬨做什麼——！」

回吼完，扉空才正想找唯一算正常的荻莉麥亞來安慰心靈，豈知卻看見對方捧著一本兵器大全的書籍露出眼亮臉紅的樣子，在她的身旁則有一名身穿黑色皮裝的男子比手畫腳不知道在解說什麼。

終於，荻莉麥亞發現到扉空複雜的視線，先是一愣，隨即有些遲疑的舉起手上的書，扯出一抹尷尬的笑容，「他說如果我們加入，就送我這本限量的《亞馬加達爾的專業武器大全限定XS版》……」

扉空捂額嘆氣。

難道現場唯一正常的就只剩下他？

他們到底有沒有搞清楚這些說要給吃的、學的、教爬牆的、約會的這些人，在他們的會長強迫他們入賭、還動手動腳修理他們一頓的時候，居然是在一邊冷眼旁觀的這項事實啊！

「真是……」

「哈哈哈！你的同伴都好有趣喔！」

看著大笑著的青玉，扉空一臉怪異。

有趣在哪他完全不知道，他唯一知道的就是這些傢伙實在是太好被收買了。

「不過扉空哥，他們一定很喜歡你吧。」

突然的話讓扉空不自在的別過頭。

「我跟他們又沒認識多久。」

真的，很短暫的相處。

連最早認識的伽米加也不過才半個月的時間，更別說最晚的莪莉麥亞才一、兩天。

「噗……感情這種事情是不能用時間長短來說的，相處長不見得就很喜歡，相處短也不見得感情就放得少。你的同伴就算受到了誘惑，卻還是先詢問你的意見，這代表在他們心中你是重要的，你就是凝聚力的中心。」

聽著話，扉空看見了剛剛本來還是興奮狀態的四人露出了為難的表情，還不時放眼朝他這裡望來。

明明就沒認識多久，為什麼他們會直接認定什麼事情都得經過他決定，由他來成為中心？他搞不懂這些人。

在他的認知裡，人，應該是自私的，應該是憑自己的想法來下決定的。

扉空低頭看著地面，腳下的影子淺短，就跟他狹隘的目光一樣。

「我覺得，既然都來到了這款遊戲世界裡，什麼東西都去試試看，不限定自己，這樣一定會讓生活更有趣吧。你覺得呢，扉空哥？」

青玉溫柔的表情迷人耀眼。

胸口的地方撲通撲通的，讓扉空不自在的移開了眼。

扉空看著其他人，再將視線移回青玉臉上，那雙晶亮的紅眸裡好像映照著誰，他眨了眨雙眼，卻見青玉眼裡的影子消失了。

青玉將申請單認真的放在扉空面前。

「之後如果你真的覺得白羊之蹄不適合，其實也可以退會，不過我希望你和大家相處過後再下決定，畢竟很多事情如果不去體會，光看表面是不準的。」

唯有去相處過，才能發現隱藏在表面底下的事實。

「……對妳來說，這個公會是什麼？」

扉空看得出來青玉很喜歡這個公會，但他不懂的是為什麼她會那麼在乎一個在遊戲中的虛構頭銜，如果這款遊戲停止運作，那麼這個地方、所有的一切就會馬上不見。就像再怎麼漂亮的泡泡，越飄越上，在破掉的那一刻就什麼都不見了。

──這樣虛擬的東西總有一天會消失。

當然，他們口中所說的這個「家」也是一樣。

青玉一愣，輕聲回答：「『奇蹟』吧。因為在這裡，我獲得了很多曾經失去的東西。」

青玉的笑容裡洋溢著幸福。這裡填補了她曾經因為失去而空缺的心，這個「家」真的、真的很溫暖，即使她知道總有一天這裡或許會消失，但是並不代表回憶也要跟著扔棄。她相信，只要是「家人」，不管在哪裡都還是能再見面。

意外的，青玉的話讓扉空動容了。

奇蹟……或許就某方面來說，這地方真的是奇蹟吧。

碧琳她……會在哪個擁有奇蹟的地方等著他呢？

舉起的手在即將觸碰到髮絲的時候停頓，看著青玉呆愣的表情，扉空尷尬的垂下手，下意識的突兀行為讓他別過了頭，不敢繼續在青玉身上停留目光，就怕到時「下意識」又會操控他去做些什麼。

「我就暫且相信妳這個『家』能帶來我所想要的奇蹟吧。」

拿起申請單，扉空離開木箱，穿過人群來到其餘四人面前，晃了晃手上的白紙，說：「很不妙的，我被說服了。」

「所以說……」

「我可以學爬牆了！」

「我可以吃甜點了！」

座敷童子和枕木童子歡呼了聲，抱在一起轉圈。

「空窗三年終於可以約會了！扉空……可惡，讓我抱著你哭一下！」

一掌推開撲來的伽米加，扉空瞪了一眼，「別想趁機動手動腳。」

「真的沒關係嗎?雖然這本武器大全很珍貴……但要是真的對這個公會沒興趣，其實我們還是會尊重你的意見，反正他們會長不在，要趁現在殺出去也是可以。」

上一秒還目光不離手上的賄賂品，下一秒隨即掏出兩顆手榴彈的荻莉麥亞讓眾人紛紛一驚，往後退離了兩公尺，架起各自的武器。

「荻莉麥亞！？」

「荻莉麥亞姐姐！」

「荻莉麥亞姐！？」

相較於也跟著緊張的其他三人，那些預備動武的行為並沒有看進扉空的眼裡。

「荻莉麥亞，為什麼妳會認定事情必須由我來決定，以我的意見為主？我們才認識不到兩天，不是嗎？」

「……」抓著手榴彈的手垂下來，荻莉麥亞抿了一下唇，「你問我為什麼認定事情必須遵照你的意願為主？」

荻莉麥亞將手榴彈收回小包裡，戰況的解除讓繃緊神經的人紛紛鬆了一口氣。

「既然加入了你們的團隊，自然要遵守團隊規則，隊伍裡是依照誰的意願在作主其實很好看出來，而且……」摸著書本封面，荻莉麥亞繼續說：「既然是團隊，如果因為我們開心而罔顧你的意見，那麼這樣的團隊也沒什麼好待的了，因為最後一定會分散，更何況是我這最後才加入沒兩天的人。我的意見可以擺最後，但你的意見絕對不能不理。」

「這句話說得真好！」

突然出現的聲音讓扉空和荻莉麥亞互看一眼，同時朝旁邊來上一拳，愛瑪尼瞬間抱著臉滾到天邊去了。

扉空單手扠腰，挑眉道：「我覺得我跟妳應該比跟伽米加更合得來。」

「彼此彼此。」

「你怎麼說出這種話，也太無情了吧！好歹我們都認識那麼久了……」伽米加像是被扔棄的深宮怨婦，哀怨的大喊著。

扉空不屑的哼了氣音，「才半個月。」

「半個月已經很久了，而且就這團隊來說，我確實是元老級的。」伽米加豎起五根爪指裡最短、最寬粗的那一指，一臉驕傲。

「雖然伽米加哥哥是老人級的，但是我們和扉空哥哥的感情也很好呀！」座敷童子一把抱住扉空的腰，認真的宣示自己不輸人的重要性。

「老、老人級！？」伽米加背脊突然升起一股惡寒。

座敷童子眨著無辜的水汪汪大眼，看不出裡頭是狡詐還是真浪漫。

他總覺得座敷這孩子不好惹啊……伽米加突然有了某種體認。

另一邊，杺木童子也抱住了扉空的腰，抬頭對著他施展本該是座敷童子才會的星光眼絕技，說：「座敷說得沒錯，扉空哥和我們的感情已經不是米哥能比得上的了，扉空哥還會唱搖籃曲哄我們睡覺呢！」

當初他明明就說自己已經是脫離聽搖籃曲的年紀了。扉空無奈的想著。

「真意外，冰山美人也是個賢妻良母呢……」某公會員A如此說。

「哎呀，人家是男的，應該說真是個好爸爸！」某公會員B駁斥修正。

「總之，真是特級意外。」某公會員C直接豎起大拇指。

旁邊傳來的竊竊談論讓扉空大嘆一口氣，他已經放棄辯駁了，因為在這裡只會越說越糊。

想到本來目的的扉空拍了拍兩個孩子的頭，將手上的申請單遞給他們一人一張，接著是伽米加和荻莉麥亞。

「如果需要筆的話，這裡有。」

看著笑咪咪捧著筆出現在身旁的青玉，扉空接過，道了聲謝。

「不客氣。來，你們也一人一枝筆。」青玉將筆依序分發給其他人。

伽米加接過筆，好奇問：「妳是剛剛和扉空聊了很多話的那一位對吧？我很意外呢，因為扉空他有超級拒外性，能和第一次見面的人就聊得跟朋友一樣是奇蹟。」

「你不說話沒人會當你是啞巴！」

「我只是實話實說。」伽米加聳肩。指著盤腿坐下在填單子、耳根發紅的扉空，小聲的對青玉說：「看，他超傲嬌的對吧！」

一顆小石飛來直接砸中伽米加的額頭。

「唔呃呃……居然扔得那麼大力……」

搓著印著紅印的額頭，伽米加露出一張苦臉，但青玉卻笑了。

「我覺得傲嬌沒什麼不好呀，因為這也代表他的心裡是誠實的，只是不太會表達而已，比起直來直往卻說謊的人要好太多了。」

一字都沒漏聽的扉空臉更紅、頭更低了。

這死伽米加，總有一天他一定要狠踹他一頓！

——好丟臉……

伽米加嘖嘖幾聲，搖頭讚嘆：「妳這話說得真是太有意義了。」

青玉笑著比了個 YA。

「我寫好了！」

「我也是！」

座敷童子和杦木童子舉起紙，青玉走到他們面前收下單子。

入會申請單其實就是一張寫滿公會規則的紙張，什麼事情是禁止的，犯了什麼錯會有什麼懲罰之類，需要填寫的地方也很簡單，看完說明後在最下方的簽名欄填上名字就行了。此時，兩張紙張的格子上卻各畫著一隻恐龍和木頭娃娃。

看著圖案，青玉也沒有任何皺眉或不悅的情況，反而輕笑出聲，拿出了兩根棒棒糖遞給座敷童子和杦木童子。

「送給你們，入會禮物，歡迎你們加入白羊之蹄，你們可以叫我『青玉姐姐』呦！」

看見糖果，兩個小孩的眼睛都亮了。捧著禮物，兩人用力點頭，開心的說了聲「謝謝」。

寫完單子的荻莉麥亞也將申請單交給青玉。

青玉彈了下手指，右眼俏皮的眨了下，「妳好，我是青玉，以後還請多多指教。荻莉麥亞妳幾歲呢？」

荻莉麥亞拉起青玉的手，在掌心上寫了個數字。

青玉明瞭的點頭，「我知道，女人的年齡是秘密，那我之後就稱呼妳為荻莉姐囉。」

「嗯。」

「那麼扉空哥應該也寫完了吧。」

被點到名，扉空默默的遞出紙張。

「……給妳。」

「感激不盡。那麼最後那位獅子先生……」

「我叫做伽米加。」伽米加將填好名字的申請單放置在最上頭，伸手，「以後就麻煩妳多照顧囉，青玉。」

青玉比了個OK手勢，接著與之相握：「應該的！」

申請單都收齊後，青玉舉起紙張朝向明姬揮了揮，喊著：「明姬姐，申請單都填好囉。」

坐在木箱上的明姬推了推鏡框，從側包裡掏出一枝貼滿水鑽的筆，像是在批閱般的在空中打了五個勾。

隨著打勾，青玉手上的紙張一張一張的消失，同時大廳的正中央出現一塊巨大的透明面板，面板上顯示了伽米加的頭像、等級、種族、職業……等一些基本資料，接著一個紅噹噹的「批閱完成」的印章蓋上。

『恭喜玩家【伽米加】成功加入公會【白羊之蹄】。』

廣播般的女聲環繞整座大廳，幾枚小煙火的特效影像在面板的背景綻放著。接著面板上的資料一轉，變成扉空的基本資料，一樣的印章蓋上，女聲再次傳出——

『恭喜玩家【扉空】成功加入公會【白羊之蹄】。』

接著依序是荻莉麥亞、杴木童子和座敷童子。

在所有人都辦理好入會手續後，青玉拍了拍手，空間逐漸靜默。

環掃在場所有的人一眼，青玉清清喉嚨，高聲大喊：「這次又多了五名新家人，大家要好好相處喔！」

「喔耶——歡迎加入白羊之蹄！」

如雷般的歡呼聲幾乎讓地板震動，好幾隻手從下方撈起五人開始往上進行拋接動作。

「慢、慢著！放我下去！」

相較於一臉緊張慘了的扉空，伽米加倒是挺享受這種高高在上的感覺，還不時隨著拋接變換姿勢，座敷童子和枚木童子也玩得很開心，不停揮手跟著「呀呼！」、「再高一點！」的喊著，至於荻莉麥亞則是緊抱著狙擊槍全身僵硬。

扉空實在無法理解這個公會的人的想法，上一秒還看著他們挨打，下一秒突然熱情簇擁，究竟是他腦袋太不靈活，還是這群人難以捉摸？他真的搞不清楚。

「啊！會長！」

不知道是誰突然喊出這句話，底下拋接的人群瞬間散開，圍上踏著滑板帥氣溜進倉庫的波雨羽身旁。

在空中停頓幾秒，扉空心裡才剛大喊不妙，地心引力立刻牽引停留在半空的身軀，五道身影頓時像是肉片般朝著地板摔下。

揉著屁股站起，扉空瞪著前方被簇擁著的波雨羽，瞬間肯定了心中的疑問——是這群傢伙想法難以捉摸，絕對不是他腦筋不好！

注意到扉空帶著凶光的視線，波雨羽笑著打招呼：「嗨，扉空先生！」

明姬轉著花傘，從讓出的道路走到波雨羽面前，「波雨羽，他們已經完成入會手續了。」

「咦，真的嗎！」波雨羽驚喜著，本來要上前與新會員好好的培養感情一番，結果卻發現一臉可憐兮兮窩在角落的愛瑪尼。

波雨羽停止腳步，納悶的問：「愛瑪尼，你窩在那裡做什麼？」

愛瑪尼抿著的脣抖了抖，噗哇一聲直接飛撲上波雨羽，哀喊：「會長——」

「好好好～乖～告訴爸爸發生什麼事了？」

愛瑪尼指著扉空控訴：「他打我！」

這傢伙還真好意思說。扉空瞠目。

「乖，不是早告訴過你不要隨便挑釁人家，也不要過於白目嗎？我可以忍，不見得每個人都能忍嘛。」波雨羽用著慈父的表情說出了充滿釘子的話，還順勢拍了拍愛瑪尼的背。

「又來了，父子戲碼，也不想想究竟是誰大誰小。」明姬白了一眼。

「別這樣嘛，明姬姐，妳也知道瑪尼哥就是喜歡玩了點。」

「下次再給我惹事，我就直接把他榨成金幣！也不想想他給那些人添了多少麻煩。」

雖然明姬表面上擺出一副不干她事的樣子，但實際上心裡還是站在扉空這邊的。

嘛……誰叫明姬姐就是這樣，面冷心善。青玉苦笑的想著。

「好了，愛瑪尼，這個遮瑕膏給你，把黑輪遮掉當沒事，爹地我還要去談生意呢，好好照顧

自己。」
「爹地——」
「叫會長。」
「會長——」
「叫爹地。」
「爹……」愛瑪尼打掉那遞來遮瑕膏的手，瞪了一眼，「夠了喔，波雨羽。」
波雨羽忍俊不禁拍著愛瑪尼的肩，「反正你安分一點就是了，別忘了這件事情說到底還是你惹出來的。」
「要不是為了……我哪需要這樣，真是……」
胡鬧戲碼結束，看著小聲交談的兩人，扉空也聽不見他們在聊些什麼。沒多久，波雨羽朝他這裡拋來幾眼，最後一臉開心的走來。
「本公會有你的加入是我們的榮幸，以後還請多多指教。」
雖然最後是扉空自己填申請單的，但一想到剛開始是被強迫留在這裡、被限制了自由，他還是挺不爽的。因此，扉空根本無法對波雨羽的態度好上哪去，隨便回了聲：「多多指教。」

波雨羽依然保持著笑臉，並沒有為扉空的態度而有所不悅，繼續向其他人做著應有的禮貌介紹：「伽米加先生、荻莉麥亞小姐、座敷童子和柀木童子，請多多指教，我是白羊之蹄公會的會長，波雨羽。」

「請多多指教。」四人回應了聲。

「那麼依照當時說的，現在我們已經加入公會，可以放我們離開了吧？」扉空沒好氣的說。

波雨羽摘下帽子，行了個禮。

「是的，依照當初所約，各位可以離開這裡自由行動。但是因為現在情況所需，有個任務希望身為白羊之蹄一員的各位能提供協助。」

要是有個挑選出他這一生中覺得最心機、最欠扁的人的問答題，扉空肯定會二話不說挑選波雨羽。

本來依照之前和波雨羽說好的，加入公會就會放他們自由離開，扉空完全規劃好一離開這裡

就開始邊賺錢、邊四處搜尋碧琳可能出現的地方，而荻莉麥亞也想要找到那位神龍見首不見尾的炙殺，因此「邊賺錢」這行程就編排進找尋炙殺的這段路線裡，反正都同樣在這座名為艾爾利帕安的中央大陸，所以倒也沒有什麼衝突點。扉空原本是這麼想的，但是……現在計畫全被波雨羽打散了！

波雨羽居然用「身為公會一員就該解一個公會任務」這混蛋理由，再用「公會會長」這混帳身分下令，還不准他們拒絕，一拒絕就限制出境，逼得最後他再怎麼心不甘情不願也得踏上波雨羽指定的解任務旅程。

而這趟旅程居然要前往南方大陸，這根本完全偏離了他原本所想的路線，究竟要到何年何時才能找到碧琳，他已經不抱期望了。

「該死的波雨羽！看我打你的小人手，踹你的小人腿，戳你的小人頭！」

扉空拿著剛剛在公會商店買的人像娃娃，死命的用手指拚命戳。

「那個……我說扉空啊……」

「做什麼！」

怒火沖天的語氣讓伽米加和雙胞胎嚇到縮在一起。

「你、你冷靜點，會嚇到小孩子的。」

伽米加朝著身旁的兩個小娃拋了幾眼，座敷童子和枕木童子隨即會意的露出一臉膽怯的樣子，淚眼汪汪的望著扉空，用著孩童特有的稚嫩音調喊著：「扉空哥哥不要生氣……」

用著這種表情看他，他怎麼還戳得下去，再怎麼樣也不能對小孩子發火。

嘖了聲，扉空收起被他戳得灰爛爛的娃娃。

——很好，這次我先忍住，等我回來再找機會蓋他布袋，那個該死的波雨羽！

心裡狂吼亂叫的喊完，扉空全身也像用完力氣般的累趴，他自己也知道他雖然在這裡罵著，但波雨羽本人卻是不痛不癢的沒有任何知覺。想到這裡，扉空重重的嘆了口氣，抬頭望向旁邊的一片花圃。

這裡是公會大廳外頭。

扉空發現，原來「公會」所在的地方與他們進行打怪遊戲的區域是分開來的，可以說是兩個不相干的空間，但是卻可以經由傳送陣來往兩邊的地區。

扉空覺得這點是非常神奇的，照他的基本概念，這樣的地方其實是靠程式寫成的，要寫出分隔不同區域的程式需要兩倍的程式量，而在《創世記典》裡絕對不只白羊之蹄一個公會，可想而知，上萬個公會所需要的程式量是多麼的龐大。他想，那些創造遊戲的人根本就不是人。要他想出一堆龐大的程式碼來聚集、擠壓空間，真的不如唱歌演戲來得快活。

伽米加向他解釋，每個公會創立時基本配備都有一塊公會地，地裡面一定都會有座公會大廳，至於其他零碎的小商店或是其他用途的建築物就要靠公會各自構築建造，而動用的資金就是公會資金。

他們之前所待的地方就是公會大廳內部。

公會成員可以自由貢獻錢幣存進公會銀行作為公會資金，有些公會不會強迫成員是否要捐獻，但有些公會也有硬性規定每個月需要繳納多少資金。白羊之蹄屬於前者，不過公會成員也都挺自發性的繳錢就是了。

白羊之蹄的公會地算是挺簡潔的，一座有著四層樓高的公會大廳、三座宿舍、四家雜貨商店，還有幾塊正在施工的區域。從大廳正門延伸出去的寬廣大道兩旁有著好幾百塊約五平方公尺大小的空地，有些空地種滿花，有些空空如也的空地則插著一塊「待售」的牌子。

青玉說那些空地是花圃，只要是公會成員就可以購買空地來栽種自己喜歡的花朵。當然，買地的錢也會收為公帳，種出來的花朵可以賣給花店或是送人。

其實這樣聽起來，公會就像一座很小很小的城鎮。

道路的盡頭有一座傳送陣，那是通往中央城鎮南城門的傳送陣。在公會地裡面也可以直接使用傳送符前往其他地方，而此時在傳送陣旁邊，正有一個用粉筆在地面畫出的、與傳送陣同大的圓形。

「這裡準備好囉，大家快點過來！」

揹著一把金色弓箭，穿著白色短袍的圓潤男子朝著扉空所在的方向揮著手，還有一隻約三十公分大小、紅黑相間的鳳蝶在空中盤旋飛著。

在波雨羽的「命令」下，這次解任務的隊伍除了有扉空這一團隊，另外還有青玉、穿著短法袍的獵人「水諸」、一身銀色合甲的影刺客「浴血銀狐」、以輕便劍客裝為主的雙刀浪士「天戀」，以及愛瑪尼。

為什麼要安插愛瑪尼？會長私心眾人皆知。

當然，也有可能是愛瑪尼自己靠著三寸不爛之舌「盧」來的成果。反正不管到底是什麼樣的原因，愛瑪尼這名單一定下，當事人歡呼喊萬歲，扉空則是雙眼發光想施虐。

不過很可惜，殺氣被波雨羽擋住了，扉空看著波雨羽的笑臉真的很想扁，但卻怎樣都扁不下

去，大概就是那種「伸手不打笑臉人」的原因。

這團隊其實可以說是各種職業的集合體，而男女的比例則是5：5。扉空、伽米加、杕木童子、愛瑪尼和水諸是男性，其他全部都是女性，算是很平衡的數字。這也是第一次扉空終於發現原來女生都很喜歡選一些聽似強悍的職業，包括聖槍王的荻莉麥亞、影刺客的浴血銀狐、雙刀浪士的天戀。青玉還沒說過她的職業，他想之後的旅程應該可以問看看。

「弓箭手也可以弄傳送陣？」

聽見扉空的納悶詢問，站在旁邊的天戀友善的做出解釋：「弓箭手本身當然是不能的，不過『小庫羅』有傳送地區的特殊功能，但是只限定單一大陸，所以我們要直接傳送到南方港口去搭船。」

「寵物也有特殊功能？」扉空又問。

天戀點點頭，「有的呦！只要等級超過三十等就可以開始修煉專屬技能，技能等級越高，能使用的範圍性就越大。」

原來寵物也像玩家一樣可以修煉技能啊……這倒是個挺新奇的聽聞。說到寵物，他好像忘了什麼……

『**系統提示：孵蛋時間已到！**』

系統提示音從剛剛就響個不停，扉空皺眉詢問伽米加要如何關掉這擾人的聲音，伽米加反而問他為什麼要關掉提示音。

「因為它響個不停，很吵。」

「系統不可能會沒理由對你提示響個不停。提示跟你說什麼？」

「說什麼『孵蛋時間已到』，我哪來的蛋孵？又不是企鵝。」聲音越響越頻繁，讓扉空有些煩躁。

而伽米加則是一臉死目的拍了下他的肩膀，認真道：「這跟是不是企鵝毫無關係，你忘了你在山賊那裡收了一顆蛋是不是？快點把它拿出來抱著，不然那顆蛋最後會失溫死翹翹而孵不出東西！」

「哪有什麼……你是說那時磕到我額頭的鐵蛋！？還要抱著孵？」

「對啦！快點把它拿出來抱著，真是的。」

扉空撇嘴碎唸了聲「又不是我自願要這顆蛋的」之後，戳開寵物欄取出寵物蛋，如鐵般的重

量差點讓他把蛋摔在地上。

「小心點。」扶住差點傾斜倒地的扉空，伽米加也幫忙托著蛋。

——這什麼鬼蛋，重量這麼重！

「喔喔，扉空哥哥要孵蛋嗎？我可以幫忙喔！」座敷童子跑到蛋底下舉手托著。

在遠處邊跳邊想抓住那隻大鳳蝶的杙木童子完全沒注意到這邊的動靜。

荻莉麥亞挑眉，向扉空提出交易，雖然納悶，但扉空還是空出手按下。沒多久，空欄上出現一枚小小的金色翅膀圖樣，扉空收下荻莉麥亞贈送的物品，並且在指示之下點選使用。

只見原本的白蛋長出了兩隻小小的短翅，脫離端捧的手掌，拍呀拍的繞在扉空的身周轉了兩圈後，蹭進扉空懷裡。白蛋的翅膀慢悠悠的上下拍動，比起剛剛差點壓死人的沉重感，此時卻像一袋吐司那樣的輕鬆。

「這是……？」

「給寵物蛋用的，每個品種的寵物蛋重量都不一樣，過重的就可以到寵物商店買這種『跟隨翅膀』，就可以省去手捧的麻煩，而且不用一下子收進寵物欄、一下子又拿出來，它會隨時跟隨，也不用擔心會走丟，直到蛋孵出寵物為止。之前商店特價時想說買來預備，等找到喜歡的寵物時使用，不過放到現在還是沒那個機會，就先給你吧。」

「那價錢……」

「那沒多少錢，而且還是打折的時候買的，就當成是隊員的見面禮。」

荻莉麥亞都這樣說了，扉空也找不到話繼續推辭，真心感謝道：「謝謝。」

「小意思。」

「喂，別再聊了，先進來吧！不然會趕不上搭船時間的！」站在圓線內的青玉招手喊著。

「走吧。」

抱著蛋的扉空跟在伽米加身後，座敷童子則拉著扉空的衣服走在他旁邊，接著是揹著槍的荻莉麥亞，四個人依序走進陣內，一直想抓鳳蝶的枚木童子在看見扉空手上的寵物蛋後也跟著靠過去，一雙小手東摸西摸的。

「那麼出發囉，庫羅。」

「嘟嚕嚕嚕——」

一聲微小的低鳴，紅黑相間的大鳳蝶拍搧著巨大的翅膀順著圓圈飛繞，七彩的蝶粉就像細雨般飄落而下，蝶粉越蓋越濃，如同一層薄膜將圓線內的區域全部覆蓋，在蝶粉炸開的同時，一行

人也頓時消失無蹤。

白線燃起七彩的火星，以順時針的方向爬去，直到最後一點燃盡，白線隨即消失。

地面一如之前的原貌，什麼東西都沒出現過似的，空空如也。

大廳二樓的窗戶旁站著一個人。

右手從口袋掏出一顆用銀箔紙包裝著的巧克力，用著拇指和食指捏著放在眼前遮看光影，波雨羽提了提帽簷，露出一抹溫和的笑。

「這樣，算是補償了吧。這東西，等你回來再送給你，這次可別再扔了……我的朋友。」

▶▶Loading...
第四伺服器
新的路線，新的朋友，
新的感受。
Create Dream Online

艾爾利帕安這塊環海大陸共有四個主要的港口，可通往東、西、南、北對岸的各方陸地，每個港口都有屬於自己的風格與特色，例如北方港口「蒙德齊」的屋舍就屬鄉村型態，而南方港口「薩迷」則是以紅藍的斜尖屋為主，是個發達的港都；據說東邊的港口「奧斯古」各處都可見到銅銀鐵金的藝術雕像，西方港口「梅歷亞迦」則是以各種奇形怪狀的童話屋為主。

而扉空一行人現在所在的就是以斜尖屋為主的南方港口。

港口的船和當初從北方搭來的船非常不一樣。

北方那艘船很偏豪華客輪型式，而南方這艘船則是以龜型為主。

由木頭雕砌成巨大烏龜型態的底艙，龜殼的地方是下凹式的甲板處，邊緣有雕成向日葵的欄杆，一根根排列齊繞，周圍也種植著許多南方植物，包括巨大的椰子樹。

扉空已經不想探究為什麼木頭的甲板可以直接連接大樹樹根這種奇妙景象了。

船鳴低響，烏龜船離港前駛。

船帆張開吹鼓，帆面用著花俏的緞帶字如此寫著——「創世記典南洋星號」。

船上有低層甲板和四層樓的豪華倉屋，倉屋就占去整艘船的五分之四，在倉屋最頂的露天部分則有座巨大的泳池，泳池裡還有三百六十度旋轉溜滑梯，說是小型的水上樂園都不為過。

這種誇張設計船還不沉倒是讓扉空挺訝異的。該說是底下的巨龜撐著真有它的道理？

除了愛瑪尼在剛剛不知道參觀到哪裡去了，扉空看著換上泳衣往水裡衝的一行人，心生無言。就在伽米加跳下水的那一刻，水花直接迎面砸來，旁邊慢速跟隨的寵物蛋朝旁邊晃了一大晃避開，但扉空就被直接命中紅心。

扉空默默的抹掉臉上的水漬，用力甩了甩被濺濕的衣裳。

他很討厭這種群聚一堆人的泳池，不管是因為擁擠，還是幾百個人泡在一座池水裡的原因。他不覺得自己是有潔癖的那種人，只是池水讓他毫無想要一起進去玩耍的興趣。

「科斯特，你為什麼都不下來呢？身體不舒服嗎？」

很久很久以前的時光，記不太清楚的面孔。

但他知道自己曾經與那個人一起相處過。

即使全班的同學因為他的孤僻而疏遠他，但只有那個人還是繼續繞在他身邊打轉。

「不是……」

不是不舒服，只是因為如果脫掉制服，就會被看見那滿身的傷。

所以，他不能，也不敢——更不願。

「呀哈哈！扉空，這水超舒服的，你不是怕熱？快點下來泡一泡就涼了。」伽米加不亦樂乎的拍打著水。

「是啊，扉空先生，難得這裡有免費的泳池可以玩呢。」水諸趴在泳池邊，瞇瞇眼和胖胖的臉頰讓他整個人看起來就是好相處型的，連聲音也是慢慢悠悠。

荻莉麥亞搭著浮板踏水在周圍游著，浴血銀狐和天戀捧著一顆充氣排球到旁邊玩起扔球遊戲，座敷童子和枕木童子一看到那壯觀的滑水道便相約跑到那裡玩去了，青玉則套著泳圈在池邊拍水玩著。

由於扉空一行人並不是白羊之蹄原本的公會成員，也與其成員們不熟，為了使之後的旅途能愉快些，在等待開船的時間水諸和天戀等人便向他們做了自我介紹。其中就屬水諸讓扉空有種人畜無害的感覺。

「不，不用了，我對玩水沒興趣。」

他才想轉身就走，耳邊立刻傳來水花聲，下一秒脖子被猛力一勒。

「做什麼啦你！」

扉空邊扯邊掙扎，可惜頸上的粗臂不為所動。

伽米加搖搖頭，嘆息道：「你每次都這樣很掃興喔。各位，現在是扉空的跳水時間，來賓請掌聲鼓勵鼓勵！」

眾人非常配合的熱烈拍掌。

「誰說我要跳水了？你自己想玩水別拉著我！」

「你這樣不行啦，每次都逃避團體活動，會被排擠喔！只是一起玩水不會要人命的啦，你看座敷和枚木都跑去挑戰那座花式滑梯了。」

「他們是他們，我不想下水礙著你了嗎！想讓我再拿冰塊砸是不是啊！伽米加！放手啦！唔啊啊——」

被突然一壓，扉空整個人頓時朝著水面彎腰向下，右手趕緊撐在池邊，瀏海尾端觸碰到水，在波動的水面上，他看見了自己的倒影。

未被遮掩的面容，如同帶給他幸福時光的那名女人的容貌，還有因為這貌顏而遭受到的屈辱。

——如果……沒有這張臉……

「扉空哥，你……沒事吧？」

小心翼翼的詢問打散了腦海中令人窒息的回憶。青玉打圓場的對著伽米加勸說：「嘛嘛，既然扉空哥不喜歡下水就別勉強，別傷了和氣。」

扉空咬牙，一掌打散了倒影，手一撐側身撞開伽米加，被壓制住的手一脫開，扉空隨即往後退了好幾步拉開距離。

「你居然真打！？」伽米加拍了拍隱隱發疼的前胸。

「對付你這痞子剛剛好而已！下次敢再強迫我，我就在你床上放滿冰塊讓你從頭冷到腳底！」

拋下狠聲的警告，這次扉空離去伽米加倒也不阻擋了。

「不會連對游泳池都有什麼疙瘩吧？」伽米加喃喃唸著。挑眉，左右動了動脖子。

「伽米加先生，你還好吧？」水諸擔心的問著。

揮揮手，伽米加露出燦笑說：「只不過被個傲嬌的冰山美人揍一拳而已，真是癢進我心底呢！哈哈哈哈哈哈——」

「糟了，不會是剛剛玩水時不小心撞到腦袋吧？」水諸小聲的對著青玉詢問。

「聽焰說，米加哥那時候被會長直接一擊中頭放倒，不是嗎？我比較擔心的是被會長毆打後的後遺症。如果真是這樣，明姬姐一定會氣炸的。」

互看了一眼，兩人同時嘆氣。

離開池邊沒幾步，扉空便看見那一上船就不知道溜達到哪裡去的愛瑪尼正盤腿坐在一片藍白線條的帆布上，旁邊撐著一把大陽傘，身後也不知道何時搭建出一個纏繞著七彩燈的招牌。

「來喔來喔！統統便宜大拍賣！本小店不管是吃的喝的用的統統有、統統賣！小姐，您要什麼？彈珠汽水是嗎？有有有，馬上端出來！弟弟你要什麼？蛙鏡？有，當然有，要什麼顏色的？我這家店不管是紅橙黃綠藍靛紫還是七彩的統統都有！來，目錄給你，挑到喜歡的再跟哥哥說。」

紅色的塑膠大聲公敲著膝蓋，愛瑪尼頭戴草帽配上一身深藍輕甲，整體就只有一個怪字可形容，但裝扮完全不礙事，客人一個接著一個的上門。

一手收錢、一手交貨，再空出手遞目錄，愛瑪尼忙得滿頭大汗，但也笑得闔不攏嘴。

在客人離去後，愛瑪尼倒出錢袋裡的金幣細數背面金額，一邊用計算機加總，清點完營業額後，他將錢收進金錢欄裡。看得出來賺很多讓愛瑪尼心情愉悅。

這裡可以隨便擺地攤嗎?

還有,為什麼他可以擺地攤擺得這麼游刃有餘?儼然就像個小型的行動商店。

種種疑問在扉空腦海冒出。

愛瑪尼突然轉過頭來。和扉空對上眼,愛瑪尼先是一愣,隨即笑咪咪的招了招手。

朝著遠處游泳玩耍的人群望了一眼,扉空雖然遲疑,但還是來到愛瑪尼身旁。

「什麼事?」

一罐插著吸管、冰涼涼的柳橙汁塞到面前,近到扉空都可以瞧見玻璃瓶身外的水珠。

「給你。」

「咦?喔……多少錢?」

「請你喝的啦,免費。吶,這裡有椅子,坐吧,別站在那裡曬太陽。」

愛瑪尼不知道從哪裡掏出一個用塑膠板組合成的矮凳放在傘蔭下,拍了拍椅面。

剛見面的不愉快,讓扉空對愛瑪尼的感想只有「死愛錢」、「煩人鬼」六個字,但現在對方完全沒有那種剛見面時的感覺,意外的就像朋友般的相處態度。

是他的感覺變遲鈍了,還是愛瑪尼收斂了?他不知道。

拿著柳橙汁，扉空默默的坐往矮凳——看起來不太堅固，卻意外的穩實。拍著翅膀的寵物蛋搖搖晃晃的停靠在扉空腳邊的地板上。

「你怎麼不去跟他們下水玩？」

扉空吸了口橙汁，冰涼的甜液讓熱意消散不少。

「我不喜歡大泳池。」

「我倒是挺喜歡大泳池這種公眾遊樂場所，收入會增加不少呢！」

一對情侶來到攤前詢問有沒有賣聖代，愛瑪尼立刻變出笑臉直說有，還掏出目錄遞給那對情侶。過了一會兒，那對情侶端著一杯二十公分高的西瓜聖代離開了，而愛瑪尼則是將錢收進金錢欄裡。

「為什麼你可以在這裡擺地攤？」扉空終於提出從剛剛就很想知道的問題。

愛瑪尼一愣，笑得爽朗：「我沒說過嗎？我的職業是『商人』，隨地都能擺攤。」

「沒說過。」

不只沒說過，還看不出來。雖然他知道愛瑪尼對錢很執著，但若不是這樣現場看他叫賣，憑那身輕甲，他反而會以為愛瑪尼是刺客或是劍士之類的。

「喔，那現在知道啦！如果你有什麼想買的都可以來跟我買，因為是隨地地攤，不用租金，所以比商店便宜很多。如果你想要買的東西沒有通路，我也可以幫你調到貨。」愛瑪尼眨眨眼，豎起大拇指。

「那你有賣什麼東西？除了聖代。」

愛瑪尼掏出一本跟電話簿有得比的目錄，拍拍書面自豪的說：「除了房屋我沒在賣，看你是要吃的、喝的、穿的、材料類我都有。不過如果你想要買屋子，我也可以詢問一下管道，看你要哪種風格的屋子、價格上限多少、想要在哪座城鎮，資料給我，我馬上幫你列出選單。」

「我說……這裡是遊戲吧？」講得一副跟房屋仲介差不多，他在遊戲裡買屋子要做什麼？

愛瑪尼晃著食指，嘖嘖的說：「雖然這裡是遊戲，但也是依照人們的各種需求、欲望來創造。就算是幻想式的王國，有人也會想要開跑車、買屋子，也有人因為遊戲的結緣而結婚，只因為在現實世界裡這些東西是他們難以求到的。」

現實生活中，說穿了一個月領不到多少薪水，要積聚多久才能擁有一輛自己想要的車子？在公司受累受氣，下了班也只能苦悶的到居酒屋喝酒解悶或是回家睡覺。

但只要在遊戲裡就可以認識更多的人，結成緣分；打怪可以當成發洩，還可以把賺來的錢拿去買自己一直想買卻買不到的東西。

夢幻的王國，一舉數得。

雖然一早起來還是得面對那日復一日的現實生活，但只要想想回到家就可以繼續前往遊戲世界，和那些同聲共氣的朋友聊天，心情也會跟著輕鬆不少，工作也會多了幹勁。

這次扉空不覺得愛瑪尼說的話是刺耳的，甚至覺得挺有幾分道理。

「喔喔，變態大叔在擺地攤呢！」

面對突然出現的刺耳話音，愛瑪尼擺擺手，毫不在意。

「妳有什麼要光顧的？」

套著一個粉紅色兔子泳圈的座敷童子對他吐吐舌頭，「你的店又沒有我想要的東西。」

「那可不一定，妳連目錄都還沒看呢，說不定我就有賣妳想要的東西。」

「那你會修理收音機嗎？」

「收音機？」

座敷童子露出一副「看吧」的表情，取出裝備欄裡那個壞掉的收音機，嘟嘴說：「都是大叔你的錯，本來打完山賊就可以回城裡去修理了，結果拖到現在連回中央城鎮的時間都沒有，還要

到南方大陸去。」

愛瑪尼挑眉，伸手，「收音機給我。」

「你要幹嘛？」

「不給我怎麼修理？」

「你會修？」

愛瑪尼彎了彎手指，擺出「拿過來」的手勢。

座敷童子遲疑了一會兒，將收音機放在那攤開的掌心。

愛瑪尼先檢查了一下收音機的狀態，再從裝備欄裡取出一個工具箱。他打開箱蓋，工具箱裡放著裝備齊全的各種修理工具，不管是螺絲起子、扳手、焊接筆還是焊接槍都有。

愛瑪尼拿起工具熟練的將收音機拆解，挑著線路細看著，接著又拿起小號的焊接筆東弄西點的。過了一段時間，愛瑪尼將收音機的外殼重新組裝好，打開收音頻道，清晰的播報聲傳出；按下音樂鈕，音樂《兔兔跳》也華麗的演奏了。

「喔喔喔喔喔喔——我的收音機好了！」

「吶，拿去。」

接過重新復活的收音機，座敷童子原本對愛瑪尼的不滿瞬間煙消雲散，低劣大叔瞬間晉升為與扉空同等級了。

「愛瑪尼哥哥，你真的好厲害喔！」

——從變態大叔晉級為愛瑪尼哥哥，這轉變未免也太大了吧？他只是修理好收音機而已耶……

扉空越來越摸不清楚座敷童子對於喜愛或討厭的定義究竟在哪裡了。

捧著收音機，座敷童子樂得轉圈，而愛瑪尼則是整個人翹高鼻子，張開手一副「叫我神人」的模樣。

「這陣子一直麻煩扉空哥哥唱《兔兔跳》真不好意思。」

「不，不會。」

對他來說，歌唱本來就是他的職業，雖然一開始被伽米加當作看戲的盯著覺得煩，但是看見座敷和杦木聽著睡著的樣子，就會讓他想起以前唱搖籃曲給碧琳聽著睡的時候，雖然有些心酸，但是至少還能入睡，至少相依偎的他們擁有彼此。

收起收音機，心情愉悅的座敷童子開始翻著商品目錄，並且在杦木童子跑來與愛瑪尼針鋒相對時擔任調解角色。

買了杯草莓冰淇淋聖代，座敷童子笑著對愛瑪尼揮手說再見後，便推著枚木童子往伽米加的方向走去。

「對了，扉空哥哥你坐在那裡應該很無聊吧，一起來玩水吧！」

看來她還沒從伽米加那裡聽說他不下水的事情。

扉空微笑著，「不了。你們玩得開心點。」

「咦？真的不要一起來玩？」

扉空搖搖頭。

扉空不想要，座敷童子也不好強迫，只是嘴角有些翹起，顯然感到失望。但最後座敷童子還是用笑臉取代，用力的揮著手說：「那扉空哥哥等等要跟我一起去樓下的餐廳吃飯喔，聽說這裡的甜點很好吃呢！不可以說不要。」

「……好。」

聽見允諾，座敷童子發自內心的笑了，然後拉著枚木童子跑往池邊大夥兒所在的地方。

「啊啊～小孩子就是這點好，無憂無慮。哪像我訪問個人還要看對方心情愉不愉快，不愉快就是我滾蛋，還要看上頭臉色玩標題。」愛瑪尼單手托著下巴，打了個哈欠。

無意間透露出現實無奈的話語，扉空並沒有去細聽，只是看著那在遠處遊玩的身影，喝了口橙汁。

「真的，令人羨慕。」

航行近半天，從白天變暮夜，玩水的人也紛紛離池前往四樓的餐廳用餐。

一、二、三樓是住宿樓，有約百餘間的住宿房間，單人房、雙人房、三人房、四人房、大通鋪等等，統統都有。

Ｂ1底艙和Ｂ2底艙則附有各式各樣的室內娛樂設施。

這艘南洋星號除了船型風格很南洋，就連餐點也非常夏季風，不管是甜點、飲料還是主餐都與水果相關，除了各種可搭配挑選的套餐外，一旁還有主廚正在製作的燒烤餐點，陣陣香味撲鼻而來，令人食指大動。

一到餐廳，看見眼花撩亂的百種餐點，一窩人就散了。

扉空端著托盤到餐點區拿了幾樣輕食，找了個空位坐下，細嚼慢嚥的吃著。寵物蛋也非常乖巧的飛繞了幾圈，停在桌面待著。

荻莉麥亞送的東西是挺好用的，除了孵蛋時間這寵物蛋會用暴衝方式撞進他懷裡，其他真的無可挑剔，也不需要他用手拿，甚至是聽系統提示的叮噹聲響個不停。

不知道孵出來會是個什麼東西？

如果可以的話，他希望是漂亮小鳥之類的寵物。碧琳喜歡麻雀型的小鳥，如果孵出來的寵物可以送人，到時和碧琳見到面就送給她。

在心裡歡喜打算的同時，身後傳來一陣盤筷碰撞的聲音，扉空轉頭一看，熟悉的背影——那是正用著驚人速度一口接一口，埋頭在食物堆裡的水諸。

看看旁邊堆得像山高的碗盤，再看看那圓桌上還放著的烤全雞、大罐汽水，扉空回頭看著自己盤中的食物，吃得更慢了。雖然這樣想有點不太好，但是看見那樣子的吃相，就算還沒吃到什麼，他都覺得想打嗝了。

「你怎麼又吃這麼一點東西？」端著餐點來到桌邊的伽米加皺眉，盯著扉空盤中的食物。

「請讓我好好的吃完這頓飯。」

言下之意就是——拜託不要再像上次那樣，用著一副擔心兒子發育不良的老媽子型態碎碎唸。

「加個菜我就閉嘴。」

「你又要弄什麼了？」

「哎呀，不會是油炸食物啦！」伽米加拉了旁邊的椅子坐下，從自己的托盤裡拿起手掌大的碗放在扉空的托盤上。

「這碗沙拉就好，行了吧？」

「……就這碗。」

這次扉空接受伽米加的好意，拿起叉子叉起一片生蔬菜葉啃著。

輕音樂環繞餐廳飄揚著，一些人順著酒意聊開，也有女生聚在一起進行「Ladies talk」，輕鬆的氣氛感染著在場所有人。

青玉端著餐點經過，看見扉空盤裡的食物，詢問：「咦，扉空哥，你怎麼吃那麼少？」

「呃……」

「他都這樣小食量，我超苦惱的。」

——你苦惱個什麼勁！在跟青玉亂說什麼，閉上你的嘴啊！

臉一紅，扉空手足無措，只能拿著叉子不知道該放下還是該繼續吃。

幾顆小葡萄放進盤裡，青玉的眼眸帶著笑意。

「給你幾顆葡萄，要吃得健康點喔。」

囑咐完，青玉笑著走到水諸對面的空位坐下，說了聲「吃那麼多會消化不良喔！」的話語後，便開始食用自己的餐點。

扉空看著盤裡的葡萄，戳了一顆放進嘴裡。

「我說，扉空啊……」

扉空抬眼。

伽米加露出語重心長的表情，小聲問：「你是不是對青玉有意思？說出來沒關係，我嘴巴緊，幫你保密。」

「你、你在亂說什麼啊！吃你的東西！」

「嘖嘖，瞧你這副緊張的樣子，說沒意思還真沒人信。」伽米加指指扉空紅透了的耳根。

「都說不是了！」

慌張的斥了聲，扉空埋頭吃著食物，拒絕回答伽米加的任何提問。

他才沒有對青玉有意思，只是、只是……

只是覺得當青玉在囑咐他要吃得健康點時，會讓他有種像是置身在醫院時的感覺。

因為跑行程而在碧琳的床頭打瞌睡，或是拿著在商店隨手買的飯糰在床邊吃著，那時碧琳就會將她溫暖的手掌輕放在他的頭頂，溫柔的小聲說著——

「哥哥要吃多一點，不然會營養不良。下次帶水果過來，我親自削給你吃，如果忘記的話我會生氣喔。」

這樣的關心囑咐讓他感到手足無措。

然後，他會看見那張嘟起嘴裝嚴肅的臉笑了，笑著抱住他說下次有機會一起去哪裡逛逛。

體貼的關心，總會讓他不知如何是好，因為他不知道該用什麼樣的方法、什麼樣的話語去回應這份關心。

摸著跳得有些快的胸口，扉空垂眼看著桌上的一碗蔬果，叉起第二顆葡萄放進嘴裡。

烏龜船的房間不像豪華客輪那般華麗，配備都是以簡單素面為主，但是其基本配備也不失功能性。

這裡的房間分配在上船時都已經在一樓的櫃檯登記好了。

水諸和愛瑪尼一間，座敷童子和枕木童子與荻莉麥亞一間，扉空和伽米加一間，至於青玉、天戀和浴血銀狐則是三人同一間房。

在海上航行和在陸地很不一樣，就算船的穩定性再怎麼好，還是可以感覺到床鋪在搖晃，這對淺眠的扉空來說是種折磨。

翻身坐起，從圓形窗戶透進的光線讓黑暗的房間染上一層紫，扉空就這樣看著房間的某一處呆坐著，感官融入黑暗中。

不知道過了多久，靜止的目光突然顫動，扉空離開床鋪。原本在床頭靜止不動的寵物蛋突然小晃了兩、三下，張開短短的金色小翅追隨在輕腳來到房門前、打開門板的扉空身旁。

「喀啦。」

聲音讓另一張床鋪的伽米加睜開迷濛的睡眼，看著離開房間的身影，在房門闔上的那一刻，他揉了揉臉，下床追著離開房間。

夜晚的海風有些涼，但對冰精族的扉空也僅止於「涼」，並不會覺得冷。

船屋外的甲板有個可以下樓的樓梯，扉空來到低層的甲板，在L形的角落有個用一堆花朵裝飾，造型像是個大花籃的搖椅。

拍著翅膀的寵物蛋飛著停靠在搖椅旁邊的欄杆上。

扉空走往搖椅坐下，雙腳踩在地板上，身體往後仰靠輕輕推著，推軸的摩擦傳來細小的嘎吱音，聽著海浪拍打船身的聲音，後腦靠在椅背上，扉空整個人放空的看著頭頂的花朵。

「麻煩，讓個位。」

「……去坐旁邊。」

雖然嘴巴如此說，但在伽米加直接轉身一屁股坐來時，扉空還是往旁邊挪移了位置。

側頭靠著旁邊的扶杆，扉空沒有特地去梳整隨著風吹而飄動的長髮，他任由髮絲飄貼在臉頰上。

「你半夜不睡覺又跑出來吹風做什麼？」

「你可以睡你的，不用管我。」

平淡的回答讓伽米加苦笑，隨口嘖了聲，往後靠上椅背，放眼整片寧靜的夜。

「那可不行，要是你不小心去夜襲別人，我會很困擾的。」

「別說這種絕對不可能發生的事情。」

他倒擔心會去夜襲人的是伽米加。

「那別人要是夜襲你，我也會擔心的。」

「我還有技能可以使用。」

「殺玩家是會扣名聲的。」

「那我推他下海讓他自生自滅就不是殺了。」

和伽米加耍嘴皮子，扉空是越來越順嘴了，不過對話當然只是說好玩的，他也不可能真的去施行。

「扉空，你在外面，我是說現實的世界裡，你是做什麼工作的？」

這提問讓扉空一愣，平淡的音調也多了起伏，「問這個做什麼？」

「好奇嘛，這應該不是不能說的秘密吧？」

是沒什麼好不能說的，不過扉空並不想多惹麻煩，只能含糊的應答：「表演工作。」

「咦？唱歌還是舞蹈類的？」

說到表演，伽米加的聯想就跑到這兩大類別了。

「都……有……」

應該算吧，演唱會時他也要邊唱邊跳，所以他沒有說謊。

「真意外，感覺跟你的個性搭不起來。原來是公關跑場的表演團啊……那很辛苦吧。」

公關跑場的表演團？他到底是怎麼推論的？

雖然一樣是又唱又跳沒錯，但等級上還是有很大的差別。

在心底默默補話，扉空並沒有去糾正伽米加的結論。畢竟多一事不如少一事，他也不想讓人知道他就是「科斯特・桑納」。

「那你呢？」

「我什麼？」

「問了別人的工作，總該招供自己的才公平吧。」

雖然最後有些誤導方向，但扉空還是說出了他的工作性質，不能他說完自己的相關事情，卻沒聽見對方也坦白一些，這樣他心裡有些不平衡。

「喔，我的工作啊……」伽米加咂了咂嘴，搔著頭說：「大概就是……把想到的畫面實體化的工作。」

「你是畫家！？」

「呃……差一點……」

「差一點？實體化……那麼你是作家？」

「呃，這個……作家啊……應該也可以算是。」

「什麼叫『應該也可以算是』？作家就作家，有什麼好停頓的。原來是作家啊……跟你的形象也很不符。」

在他的印象裡，作家給人的感覺應該是悠閒平靜的，哪像這傢伙沒一點正經。

「你哪有資格說別人。」伽米加笑了。

既然是公關團體就該個性外放，哪像他這般悶騷的。

「反正工作上弄得好就好了，誰管私底下。」

說完，扉空就想到自己身為藝人的身分。

確實有人很想要探究藝人的私生活，明的暗的統統來，以前剛出道沒什麼人瞧，現在公司開始打他這副牌，石川就跟他跟緊緊的，完全不太敢放他自己一個人，就怕他被狗仔纏上。

當然不是怕狗仔挖出秘密，而是怕他一火上來直接給對方一拳。

他哪有偏激成這樣？沒有吧？

嘆口氣，扉空看著自己握著扶杆的手指，修長白皙，指甲形如月牙。

他想起早上在池面看見的倒影。

——漂亮的，宛如女子。

記憶中的笑聲如夢魘般纏繞住他的四肢，黑暗中的小巷裡，奔跑的鞋踏踩到積水的聲音響起。

努力壓抑的情緒還是克制不住的讓扉空的身體微微顫抖，指尖因為出力而泛白。

伽米加舉起鬆軟的毛掌，沒有觸碰，只是貼近在那一直側背對著自己的臉。

「扉空，為什麼你就是不能坦率一點呢？」

伽米加沒來由的一句嘆息。

白色的船燈閃轉而過。

扉空的低語掩蓋在船鳴之下：「如果太坦率的話，就會失去啊……」

如同過往的他，因為說出喜歡，直到最後失去時就會痛苦不已。

因為毫無顧忌的說出，所以一一失去那些對他而言最重要的事物。

▶▶Loading...
第五伺服器
NPC村長他壞掉了……
Create Dream Online

南方大陸又別名「凡格」，在凡格的某山谷高地，是隱藏式種族「羽人族」的降生地。大陸的港口村莊以木屋為主，一下船就可看見大量木材被運至好幾艘的運輸船上載出港，離港不遠的海面也有幾名婦人正乘著小船在撒網捕魚。

藍色的天與海連成一線，白色的雲朵悠悠飄動。海鷗低伏飛過，魚群因為受到驚嚇而跳出水面。尖嘴一張，一條魚被銜住，成為了海鷗今天的餐食。

人群喧譁著下船，左一堆、右一排的散開離去。

青玉站在港邊招呼眾人圍成一圈，開始交代任務的流程。

「因為扉空哥你們是公會的新成員，之前也沒有加入過任何公會，所以我來解說一下。」青玉笑著介紹道：「公會任務雖然是由公會官方接洽，但還是要我們這些人去觸接開啟任務的NPC才能開始解任，這項任務最終是要完成擊敗南方大陸『嵐嵐山』上的巨妖BOSS。聽到BOSS也不用太擔心，這只是中級的公會任務而已，所以怪物的等級比S級低很多，到時我會在後方進行支援。扉空哥你們有打過事件型任務嗎？」

座敷童子和栨木童子舉手說有。

荻莉麥亞點頭。

伽米加直接指著扉空說：「我敢肯定他沒打過。」

他幹嘛老是要在青玉面前讓他出糗啊！本來還想混在裡面之後再私下問的。

扉空怒瞪著打掉那隻指著自己的手指。

「沒關係啦，扉空哥，每個人都有第一次嘛。那我跟你解釋一下，這個任務一開始必須先與這個港口的村長接洽，然後再按照他的需求去進行材料的蒐集或是打某些怪物。當完成村長的需求後，他會繼續委託下一個進行任務的地點，一個接著一個，就像故事流程那樣進行下去，最後會拿到通往 BOSS 所在處的相關物品，我們才能到達那個地點進行殲滅戰。」

「直接安排到終點不是比較快？」

與其拉拉雜雜在任務中間安排一堆不必要的事件進行，直接指定打 BOSS 不是比較乾脆？扉空白眼想著。

「確實是，直接到終點是挺省麻煩的，不過事件型任務也有它的好處，每個點都有不同的獎勵，和只獲得擊敗怪物後的獎勵的直接型任務不一樣。我個人還滿喜歡事件型任務的。反正這個任務並沒有時限，慢慢來，就當是出外旅遊，邊打邊玩，路途中有時候也會出現出乎意料的有趣東西。」

但他不想拖時間啊……心裡不甘願的補述，表面上扉空還是點了頭。

「好，那我們先組成公會隊伍。」

《創世記典》的組隊選擇除了有玩家間的私人組隊，另一種就是公會組隊。組了私隊的玩家不必麻煩的解除原有團隊去和公會任務搭檔組成新團，而是可以直接與公會成員組成「公會隊伍」，並且可以經由隊伍面板來進行隊伍資訊調換的動作，可以查看「私人隊伍」和「公會隊伍」的狀況，也可以選擇目前所要使用的隊伍。

在青玉的點選下，每個人的面前頓時跑出相同的面板。

『玩家【青玉】邀請您加入白羊之蹄【056】分隊──【YES】or【NO】？』

「056分隊？」

「公會裡有些解完任務的隊伍覺得解隊再組成新隊也麻煩，就一直掛著隊伍。但有些解完任務的隊伍解散之後，他們所使用的隊伍編號會空下來，等待之後組隊的隊伍直接遞補使用隊伍號碼。我們這一隊是排在公會裡現有的第五十六個隊伍。」

聽完解釋，扉空點了頭，按下「YES」鍵。其他人也紛紛按下「YES」鍵完成組隊動作。

「OK，那現在就去找村長接任務。」

打開地圖，青玉查詢了一下各個ＮＰＣ的所在處，帶領著大夥兒走進村莊。

在村莊尾端，有一間插著一面彩虹螃蟹旗幟的兩層樓木屋，門板上有用蠟筆畫了一堆太陽和月亮的塗鴉。

「是這間？」

「嗯，地圖顯示村長在屋子裡。」

天戀上前敲了敲門，沒見反應，只好自行推了一下，門板開了小縫。

——門沒鎖？

看了身後的人一眼，天戀推開門，也在同時，一道白影飛來。

天戀迅速的朝旁邊一跳，後方的人也趕緊蹲下。

「碰！」

最後方反應不及的水諸被一顆棒球直接砸中臉，身體僵直幾秒，往後倒地暈死過去。

「水、水諸！？」

水諸變成漩渦的眼睛轉啊轉，青玉趕緊跑到水諸身旁施行治療招式。

——原來青玉是治療型的職業？

意外間，扉空默默認知。

「呀哈哈哈哈~看我的全壘打紅不讓！就算咱老，也會嗑土豆的，呀哈哈哈哈哈！」

留著長到地板的白鬍子的光頭老人手持一根刻著馬頭的枴杖，肢體呈現標準的打擊姿勢，而在他的頭頂則有金黃色的字體寫著「南港村長」四個字，字體上頭還有個驚嘆號。

摸了一下長到下巴的眉鬚，枴杖一頂地，村長立刻搥了搥後腰，扶著枴杖的手也顫抖得厲害，他咳了幾聲，聲音畏畏顫顫，標準的老人疲態。

「你、你們是……咳咳咳！最近兒子都沒送來……咳咳！營養品，我身子不好還請見諒……所以你們是……咳咳咳咳咳！」

——騙鬼啊！你剛才明明就一副活跳跳的樣子，還用棒球把我們隊員打暈了！

眾人心裡響起咆哮。

紅痕消退，清醒的水諸摸著臉，在青玉的攙扶下起身。

「比我還囂張啊這村長！」某錢鬼看著兩邊做出感嘆。

「啊、啊啊……」

村長眉鬚突然一揚，原本搖晃的身子瞬間挺直。

看見老人走來的天戀慌忙往旁邊一退，結果村長頓時轉向另一邊，站在那裡的伽米加趕緊跳往旁邊，然後下一個、下一個……

荻莉麥亞閃。

浴血銀狐閃。

扉空……

抱歉，還摸不清楚狀況的扉空就這樣站在原地，兩人相望數秒。

「呃……」

扉空額間滴下冷汗。

有著老人斑的皺皮雙手就這麼搭上他的肩，村長咧起缺了好幾顆牙的嘴，笑了。

「老伴啊，妳終於來找我了……幾年不見，妳又變年輕不少呢！頭髮也長好多，誒，怎麼跟我們當初結婚的樣子完全不一樣呢……」

——因為我根本不是你的老伴！

扉空心裡沒好氣的吶喊。

「噗！」

朝著旁邊掩嘴偷笑的人瞪了一眼，扉空定睛在村長身上，搖搖頭說：「我不是……」

「哎呀，老伴，妳喜歡否定的個性還是跟以前一樣呢！就算妳整容了，我還是認得出妳。吶，天堂好不好玩啊？唉……妳都不知道咱有多想妳。」

——去你的！不要以為你是老人我就不敢揍你！

扉空掐緊手，努力克制那股想扁人的衝動。

「噗！天堂超好玩的……」某獸人大拇指顫抖的舉起。

扉空二度射來瞪眼。

偷笑的人紛紛立正站好，做出把嘴巴拉上拉鍊的動作，再比個OK的手勢。

「我，不是你老伴。」扉空聲音咬牙切齒，嚴正聲明。

「別這樣嘛老伴，雖然我知道當初把妳丟在森林裡，害妳被老虎抓去吃了是我不對，但是當下那麼危險，我要是不先跑了的話，怎麼能在之後幫妳收屍建墓呢？妳就原諒我了吧，老伴！」

——救命啊！這裡有人謀殺親婦啊啊啊啊啊！

扉空一臉扭曲的想把村長推開，豈知對方抓著他肩膀的力道卻大到怎麼樣都掙脫不了。

這還是老人嘛他！剛剛說的身體不好到哪去了！他是吃了多少營養品啊他！

這什麼詭異ＮＰＣ！什麼爛設定！

快放開他啊啊啊啊——

「嗨！村長，我來找你聊天了！喔……有客人啊？」

身後傳來的微愣語調吸引眾人的好奇注目。

站在門口的男子身穿一件明顯的紅色戰隊服飾，單手抱著裝飾成鷹頭的安全帽，臉上被迷彩妝畫得亂七八糟讓人看不清楚原本的樣貌，只能見著那雙炯炯有神的黑眼。

「啊、啊……兒子你回來啦！」

村長瞬間拋棄了扉空，快步來到男子面前抓著他，老淚橫生，「你去南洋征戰都已經十八年了，看看，我都認不出你來了。」

結果他老伴扯完換兒子是嗎？

好不容易才掙脫的扉空就不把吐槽說出口了，揉揉被抓痛的肩膀，好奇盯著眼前轉移主角的認親戲碼。

——那個人也是ＮＰＣ設定的一部分嗎？

——如果是，那還真是人性化，平常還會上演故事。

紅衣戰士先是沉默一會兒，就在眾人屏息等著看接下來的劇情發展時，男子突然一個手刀劈在村長頭頂，村長瞬間抱著頭在地上打滾。

「看清楚，是我。在設定裡面，你的兒子早死在南洋戰場了。」

「不肖子！不肖子！竟敢打你老爹！老伴，妳也唸唸這不肖子啊！」

扉空挪移腳步直接閃到天戀身旁躲起來。

「啊啊！看看這什麼老伴，什麼兒子，我……我……」

紅衣戰士單手一抓，直接拎著村長的後領將他輕鬆提起，身高不到一百五的村長因為距離差，那枯瘦的雙腳還搆不到地的搖晃著。

將提著的村長放在前方的椅子上，紅衣戰士端起桌上的空杯塞進村長的手裡，聲音如同平穩走動的指針，一個字節、一個字節清晰的說道：「喝水，安靜的，等老伴，等兒子。」

就在紅衣戰士唸完時，空杯自動從內底溢出清水，杯內的茶水一被填滿，村長整個人頓時縮頹下來，安靜的喝著茶，好似剛剛的鬧劇從不存在。

「唉，這樣要等上十分鐘後才能聊天了。」嘆息著，紅衣戰士逕自走到旁邊放著瓶瓶罐罐的桌子東弄西擺，幾秒後，手上也多出了一杯不知道怎麼弄出來的咖啡，靠坐在桌沿喝著。

就在啜飲第三口時，紅衣戰士的眼角終於瞄到門邊的一行人，一愣。

「你們是……要接任務嗎？抱歉，這傢伙最近有些沒調整好，本來想等下次維修時一起調整的，我先幫你們承接吧。」

「你不是ＮＰＣ？」話語脫口而出，扉空才發現自己的問話有些失禮。

紅衣戰士啜了口咖啡，反問：「你覺得我哪裡像ＮＰＣ了？」

他一開始說要找村長聊天那一句。有哪個玩家會說要來找村長聊天了？

不過他剛剛好像說了什麼調整……？

「你是遊戲公司的？」愛瑪尼好奇提問。

紅衣戰士聳聳肩，算是默認了。

將咖啡放在桌上，紅衣戰士手指點了點，「你們要接哪個任務？」

聽見詢問，青玉趕緊上前，打開公會任務面板，指著說：「保衛『嵐嵐山』。」

紅衣戰士微微一笑，憑空叫出一道面板，手指在面板上點了點。隨後，眾人的手鐲紛紛跳出公會任務面板，面板上皆寫著相同的內容：拜訪南港村長。

而這一項任務指標的旁邊出現紅筆打勾寫著「OK」的標示，不只如此，原本空盪盪的下方版面也跟著出現一個指往下方的箭頭，接著在箭頭之下，則有一行新出現的灰色虛體字——

『將【神奇香茅】送給阿里不達鎮【摸摸茶餐廳】的【狐狸老闆】。』

「神奇香茅？」

「喔，差點忘了，因為要村長委託才能到森林去打材料換取，現在村長頭殼壞掉，我就直接給你們吧。」

紅衣戰士手一攤，一株被光球包覆的彩光香茅立刻飄到青玉面前。

青玉將神奇香茅收進裝備欄，道了聲謝。

「村長沒維修好，算我比較抱歉。對了，我可以請問一下嗎？」

「好的。」

紅衣戰士來到扉空面前，摸著下巴轉著他打量，最後露出思考的表情問：「你是男的沒錯吧？」

拳頭緊握，扉空額抽。

暗喊不妙，眼明手快的伽米加和天戀趕緊拉住正要暴怒上前的扉空，青玉則是摀住扉空預備罵出不雅話語的嘴，哈哈笑著打圓場。

「扉空哥是標準的男子漢沒錯啦！哈哈……」

紅衣戰士挑眉，點頭表示了解。

「我隨口問問而已。」

「那、那謝謝你的幫忙，我們先去進行下一個任務了。」

「祝，任務順利。」

青玉苦哈哈的道完謝後，和其他人架著氣呼呼的扉空離開了木屋。

紅衣戰士端起杯子，重新嚐了口咖啡。

「還真像呢……」

「啊，方紀，是你啊……最近工作如何啊……咳咳咳！」

杯水見底，原本呆滯的村長眼中閃過一絲精明，揚起長鬚眉，伴隨著幾聲低咳向紅衣戰士打招呼，一反剛剛的胡鬧當機樣。

紅衣戰士，實際身分則是《創世記典Online》這款遊戲的開發執行長——柳方紀。

當其他開發部成員忙著監控遊戲、即時修整錯誤時，這位高層卻是忙裡偷閒、趁機上來逛逛，對於這樣的行為，其他人是習以為常又無可奈何。畢竟柳方紀這個人本來就讓人捉摸不定，但天才般的金頭腦卻又讓人不得不服——他做的事情在外人看來是無關緊要，但實際上卻是別有用心。

或許他認為小修整還不需要自己出馬，百分之百絕對信任開發部的夥伴們；又或者他那敏銳的直覺預測到即將來襲的暴風雨，因此提前上來防範。畢竟一年前在始料未及的情況下出了那種事情，如果再來上一次，就算是再堅固的地基，也是會塌腳的。

不過，再怎麼塌，也絕對不會比那時塌得大吧。

看著突然清醒的村長，柳方紀挑眉，「村長，你終於腦筋正常了。」

樹林裡，一行人跟在青玉身後朝著「阿里不達鎮」前進。

浴血銀狐和天戀排列第二、三位，第四位之後依序是荻莉麥亞、扉空、拍著小翅膀飛著的白色寵物蛋、伽米加，以及放出寵物跟隨著的水諸。

座敷童子和枚木童子跑在旁邊跳著想要抓蝴蝶，可惜身高不夠，還差點距離，最後水諸乾脆貢獻出自己的雙臂抱起兩名孩子，讓庫羅停在自己的頭頂。

座敷童子和枕木童子總算如願觸碰到那隻巨大的鳳蝶。

鳳蝶的翅膀不像現實中的蝴蝶帶著蝶粉，摸起來反而有點像絲綢。

一摸到一直想觸碰的蝴蝶，兩個小孩樂得直喊：「水諸哥哥！」

走在隊伍最後位的愛瑪尼東瞧西看，看看有沒有機會在路邊撿到稀有材料。

「銀狐，妳有向會長回報了嗎？」青玉提醒著問。

在進行公會任務時，為了讓波雨羽能夠即時掌握情況及進度，出任務的隊伍都會派一個人擔任回報的工作，而此行的隊伍是由身為影刺客職業的浴血銀狐擔任回報者。

「在離開港口時就已經先回報了。」

青玉點頭，「嗯，雖然我們隊伍裡有副會長跟著，但是要叫瑪尼哥隨時回報情況，這種正經事他根本做不來，還記得之前叫他回報任務進度，結果一整路都是報告他看見了什麼好風景、撿到了什麼好東西，印象最深的就是那時用擴音傳遍整個公會的……」

「『喔喔！沒想到這裡處處有商機，那麼各位，任務就交給你們了，我先去賺外快囉！』然後說聲『BYE～』之後就這樣扔下正在跟 BOSS 怪物拚鬥的我們，跑去向旁邊觀戰的人賣爆米花。」天戀攤手無奈的說。

「我記得那時天戀妳也是隊伍一員，沒錯吧？」青玉邊回想邊望向天戀詢問。

「對，我那時超想直接一刀劈了他。」回憶當初，天戀撐著額，嘆氣道：「下線之後我可是氣到連我最喜歡的動漫都提不起興趣看，那天可是《R＆B九拐十八彎》的最終完結耶！笨蛋副會長，我一定要叫我的小黑桃去夜襲你唔哇啊啊啊啊——」

天戀雙刀一拔就是來上兩招高等砍招，樹木像骨牌般劈啪倒了好幾棵。

深怕發火的天戀會將目標移到後頭那不知死活的罪魁禍首身上，青玉和浴血銀狐趕緊抱住身旁的同伴，親暱的用臉頰磨蹭臉頰，好聲安慰。

青玉並不知道那個《R＆B九拐十八彎》是什麼，不過依照天戀把動漫當飯吃的程度和沒看見結局的悔恨態度，她可以肯定大概又是一部深得天戀心的動畫影集。

在前方混亂的同時，扉空好奇的對伽米加提出詢問：「《R＆B九拐十八彎》是什麼？」

「聽過名字，但是我也不太清楚內容在演些什麼，好像是近期一部滿夯的動畫影集。」伽米加摸著下巴思考著說。

——有夯到沒看到結局就悔恨成這種激動程度？

扉空不是很能理解天戀的心理，畢竟他的時間幾乎都給了碧琳和工作，光是去找有興趣的影片來看就沒什麼時間了，更別說把看動畫當成是精神糧食，他無法想像。

荻莉麥亞接口解釋：「是由『搧涼山』公司製作的，以《愛麗絲夢遊仙境》為初構，結合現代元素及R&B樂團素材的一部競爭故事型的動畫影集。故事內容是由一個名叫『First』的R&B小樂團在比賽中慢慢向上攀爬，在意外的情況下男主角團長遇見女主角，最後引發外星人入侵地球的危機。至於她剛剛提到的小黑桃，應該是半年前的潮流動畫《陀螺神九百萬》的男主角──黑桃騎士布拉甲。」

「呃……這是樂團競爭爭奪第一頭銜的動畫吧，為什麼最後還會有外星人入侵地球？妳剛剛說的故事簡介完全沒有《愛麗絲夢遊仙境》的元素吧！？而且那個《陀螺神九百萬》是什麼鬼？黑桃騎士才是以《愛麗絲夢遊仙境》為構想應該出現的產物吧啊啊啊啊──」

全部皆是滿滿的可吐槽點，伽米加整個人激動了。

「所以我剛剛說是初構。」荻莉麥亞提了提背帶，很是淡定，「初構就代表是剛開始的構想，就算最後成果完全改掉所有元素也不能說什麼。況且動畫這種二次元產物本來就是幻想式，跳Tone的元素才叫經典。」

——妳這定義到底是從哪裡冒出來的啊！根本就是狡辯！

伽米加一臉扭曲。

「荻莉麥亞妳……好像對動畫影集很熟悉。」扉空一臉複雜。

「畢竟偶爾要靠這些東西來提升靈感，算是素材吧。」荻莉麥亞聳肩，小聲碎唸：「不然《閃耀之心》哪能連載到十集。」

《閃耀之心》，怎麼好像挺耳熟的？總覺得他好像聽到了什麼不得了的東西。

扉空本想再做進一步詢問，荻莉麥亞卻早已轉身走遠。

抱持著疑問，雖然扉空努力的思考這耳熟的名稱到底是在哪裡聽過，但想了半天還是想不出個所以然，最後扉空只能攤手放棄思考。

「真沒想到荻莉麥亞原來也有這樣的一面呢，跟她的形象差很大。」伽米加摸著下巴，感嘆的說著。

表面上看起來嚴嚴謹謹，本以為是從事軍事工作的女子，結果實際上卻好似跟動漫產物有所關聯。說是現實殘酷面ＰＫ二次元都不為過。

扉空上下掃了伽米加幾眼，哼出意味不明的氣音。

「你自己不也一樣？哪還有什麼資格說別人。」

「那你自己呢？」伽米加出口反擊。

「我說了工作上做好就行了。」

「那我也是做好我的工作就行啦！」

話語沒有再得到反駁，突然沉默的扉空讓伽米加困惑，才準備彎腰詢問對方又哪根筋不對、為什麼不跟他拌嘴時，一記拳頭突然打上他的腹部！

捧著肚子哀號蹲下，伽米加哀怨的瞪著那斜瞥他一眼就這樣淡定繼續前行的背影，顫抖的舉起手。

「扉空你這死沒良心的，居然又打我——」

只可惜這般哀怨的呼喊，卻得不到前方人的回頭，寂寞又心寒的伽米加宛如背負著幾斤沉重的飛雪，抿著的嘴脣顫抖。碰的一聲，獸人N度仆街。

「現在宮廷劇早就不流行了。」

某位罪魁禍首冷冰冰的扔下這句意味不明的話，腳步絲毫沒有半點停下的意思，聽見後方傳來「要不要緊？」的關心話語，還落井下石的朝著水諸喊了一句：「不用管他，等一下就會自己追上來的，他愛演就讓他去演。」

「耶？真的不用管嗎？」

「伽米加哥哥很喜歡逗扉空哥哥玩，而且超喜歡演戲的。」

看看，連小孩都看得出來，就可以知道伽米加這裝死裝得多差勁。

「水諸哥你就別擔心了。」柀木童子降低音量，偷偷說：「扉空哥的力氣很小，要打暈米哥是很困難的。」

看著趴地不動的伽米加，雖然擔心，但是在兩個小孩的勸說下，最後水諸還是聽話的從旁邊走過。

愛瑪尼瞧了一眼，蹲下身在伽米加耳邊提醒：「喂，冰山美人完全不鳥你，走遠了喔。」

「咦？連停下來都沒有？」

本來趴地不動的伽米加瞬間抬起頭朝前望去，看到扉空真的走得遠到有段距離，趕緊從地上爬起拍拍衣服，焦躁的罵了句：「死沒良心的真的就這樣跑了。喂！扉空！等等我啊！」

獸人邁步追上前方的隊伍。

愛瑪尼聳聳肩，吹著口哨樂曲，悠閒的跟在最後方。

短草一片，河水清澈見底，涓涓鳴流，在光影間閃爍著金黃色澤。

眾人經過兩天的步行，距離阿里不達鎮估計約剩半天的路程，因為沒有任務時限，倒也不急著非要馬不停蹄的趕著到達，所以眾人決議照常進行中午的休息。

「大家集合。午餐就在這裡搭營吧。」

青玉拍拍手，召集大家集合，開始分配工作。

愛瑪尼、伽米加、荻莉麥亞、天戀及浴血銀狐負責蒐集食物，扉空、水諸和青玉負責蒐集木柴；而顧慮到座敷童子和枕木童子是小孩子，派遣工作給他們的話，青玉也同樣怪不忍心的，最後決定讓他們留守營地。

在附近找了一棵樹，水諸拉弓發射一箭，伴隨著爆響，整根粗挺的樹幹瞬間炸成方長的木柴掉落滿地。

「不好意思了。」

水諸雙手合掌朝著殘枝的所在處行了個禮。待水諸的感恩儀式做完，青玉招招手，示意扉空可以開始撿木材了。扉空小跑著來到青玉身邊，接過一堆一堆疊來的木柴。

就這樣，三個人堆堆撿撿蒐集得差不多後，一起回到營地。寵物蛋依然拍著小翅膀保持一定的距離跟隨扉空的步伐。

座敷童子和杁木童子一看到三人回來，立刻跑到他們身邊幫忙將放下的雜亂木柴堆疊好。青玉從裝備欄取出一瓶罐裝火槍交給扉空。

這幾天扉空不是在鎮上度過，就是擔任幫忙拿食物的助手，只要他和其他人回到營地，就會看到早已經生好的火，所以他並不知道青玉他們是用什麼方式在生火。這次換他擔任撿柴的工作，以為會和之前與伽米加同行的時候一樣又要鑽木取火，結果沒想到青玉他們卻是用現代化設備生火。

他們之前怎麼沒想到要買一瓶呢？

他不知道有這東西就算了，座敷童子和杁木童子是小孩子，說不定他們有，只是忘了拿出來，這也可以諒解。但伽米加算老手了吧？怎麼不早說有這種方便的東西！雖然是伽米加鑽木，但等待的時間實在頗長，用這東西不就能馬上搞定了？

總之，扉空的心情頗複雜。

「那就麻煩扉空哥用這火槍生火，我到附近去找一下東西。」

「喔，好……」

在青玉順著河流邊看邊走遠之後，水諸也將木柴排成金字塔狀了。他抹了一下汗，對扉空說：「扉空先生，接下來就麻煩你了。」

看著手裡的火槍，扉空眨眨眼，有些遲疑的轉開氣閥，緩慢的將手指扣在開關上，吞了口口水……

「啪喀！」

沒火出來。

再按一下。

「啪喀！」

還是沒火。

就在扉空準備按第三下時，火槍突然被人抽走。

扉空一轉頭看向來人，抱著一顆西瓜的伽米加立刻粗聲道：「你忘了你的種族特性是不是？

想自殺啊你？」

「你不是去找食物？」

「找完當然就回來了。」

扉空順聲一望，果真看見抱著食物浩浩蕩蕩回來的一行人。

這……他們會不會找得太快了些？算一算時間，他們離開也才剛過半小時而已耶！

「咦？扉空先生的種族怎麼了嗎？」水諸困惑的提問。

「這傢伙是冰的種族，受不了熱的，連吃個熱食都會燙傷嘴，要是這瓶火真讓他開下去，我看就等著幫他收屍了。」

聽完伽米加的解釋，水諸一驚。

這樣說來，之前他看見扉空挑輕食吃、挑離火堆遠的樹下坐著，全是因為他怕燙是嗎！？雖然知道對方的種族是冰精族，但他們還是太粗心了，沒注意到冰種族應該是畏火的細節。

水諸緊張的說：「扉空先生你怎麼不說呢！要是沒辦法生火，直接讓我來也沒關係的。」

扉空搖搖頭，「才沒那麼嚴重。他總是喜歡誇張化，就算我的種族是怕熱沒錯，但還沒到連用個火槍都無法用。」

伽米加把他講成那副脆弱樣，以後還不讓人叫他吃軟飯的！

扉空本來就不喜歡被人看輕，自尊心湧上，一把搶過火槍按下開關，結果這次還是沒能點上火。而伽米加則是趕緊搶下扉空手上的危險物品，將西瓜塞進他懷裡，快手快腳的跑去生火。

說也奇怪，剛剛扉空點了兩、三下都沒反應的火槍，伽米加居然一次就點燃了，二十公分長的大火蛇朝著木頭燒著。

木柴漸漸焦黑，幾分鐘後伽米加關掉火槍，木柴堆也燃燒著橘黃火燄。

「為什麼他一點就燃，我點就沒反應……」扉空難以置信的喃喃說著。

伽米加將火槍交給水諸，走到扉空面前，劈頭就是一個手刀毫不留情的落下。

從頭頂竄下的痲意讓扉空吃痛的壓著頭頂，他怒吼：「你做什麼啊！」

栨木童子本想上前，卻被座敷童子拉住。座敷童子搖搖頭，抓著栨木童子躲到水諸身後。

「坦率點！笨蛋！你那鬼自尊心連買一粒米都不夠！」

扉空心頭一震。

之前就算他再怎麼逞強，伽米加也只是無奈著，雖然碎碎唸，但最後還是會用著慣有的笑來搶過、扛下他該做的事情。

而這是第一次伽米加直接對他大罵，直指他一直引以為傲的中心。

沉下臉，扉空深吸一口氣，下一秒鍵盤立現，直接朝著伽米加砸去。

扉空的攻擊力有多少，伽米加當然清楚，他單手接下，使力一甩，只見砸上手臂的鍵盤被硬生生撞開。扉空腳步不穩的往後退了幾步，眼裡有著憤怒。

「誒！我才不在沒多久，怎麼突然打起來了！？」

在附近繞了一圈回到營地的青玉一看到僵持的兩人，隨即要跑去勸架，卻被水諸阻止。水諸趕緊搖搖頭，示意這場架外人不好管。

另一邊的天巒緊張的瞧向其他人，只見荻莉麥亞和浴血銀狐都緊盯著前方對峙的兩人，而靠在樹旁的愛瑪尼則是掏掏耳朵，打了個哈欠。

——這欠扁的副會長！

天巒不滿的跺腳。

「扉空，別再讓我說第三次。」

冷聲的威脅，看得出來伽米加也是怒火狀態，只不過兩人生氣的點完全不一樣。

「說第三次又怎麼樣，你以為每個人都得聽你訓話，照你說、照你要的走嗎！」

「你的逞強只會害死你！」

今天他明知道自己的種族懼火，卻因為不容別人小看的自尊逞強去觸碰會傷害到自己的東西。相處的這段時日，伽米加看得出來扉空的自尊心實在過強，那麼下一次一定也會因為這樣的逞強而去觸碰更危險的事情。

這裡是遊戲就算了，如果他是在外頭的世界呢？

到時他連命都沒了！

「那也是我的事情！」扉空指著自己，大聲咆哮：「我逞強、我要那連米都買不起的自尊心，你管得著嗎！」

他可以忍受伽米加對事情的責罵，但他無法忍受伽米加批評他一直以來的生存倚靠……

——伽米加什麼都不懂，有什麼資格這樣說！

「你！」

鍵盤用力的朝著伽米加扔過去，在對方為了閃躲而腳步凌亂時，扉空衝上前直接將伽米加撞倒在地，雙手直扯對方的領子，揚手就是一拳。

突如其來的動作讓眾人全嚇了一跳。

忍住暈眩，看著扉空還準備再來一拳，伽米加嚇了一跳，趕緊接下並扣住扉空那施行暴力的手，右腳直接彎起朝著抵壓住自己的腿側一勾。

「碰！」

扉空整個人偏移重心，翻身摔地，好在有草皮緩衝，後腦才沒磕得嚴重。

雖然頭腦有些暈，但就算還沒回神，扉空還是使勁的朝上揍了一拳。

悶音傳出，跨坐壓制扉空的伽米加瞬間朝後倒。

重量一輕，扉空奮力爬起再次撲到伽米加身上，兩手本來要掐伽米加的脖子，結果卻被雙雙抓住。

上面的手成爪狀，用力到連青筋都浮出手面；下方抓著的手完全不敢鬆懈，使勁抵抗。

忽然間大腿被踹，一陣天旋地轉，扉空從上位者變成下位者。膝蓋弓起直接朝著伽米加的腹部狠狠一撞，使力翻身，扉空又從下位者變成上位者。

就這樣，兩人翻了五、六圈，最後完全就是胡亂的朝著對方拚命打拳、死掐。

相處情誼什麼的早就拋到九霄雲外，現在他們腦中唯一的想法就是要將對方往死裡打。

「扉空先生、伽米加先生，你們別打了呀……」水諸慌張的勸說著。

他看著兩人打到不是瘀青就是嘴角帶血，即便他認為這是外人無法插手的鬥爭，但實在是過頭了，一定要有人阻止才行啊！

「碰、碰！」

衝上前的水諸，瞬間迎來兩拳同時擊中下巴，他噴著口水飛往後方、摔躺在地，雙眼二度呈現漩渦轉，邁向暈死階段。

「啊啊！水諸哥哥！」

勸架被揍，超衰。

打得凶猛的兩人根本沒發現自己到底揍了誰，互毆越來越激烈。

伽米加根本什麼都不懂，有什麼資格批評他的自尊！

扉空左臉挨了一拳，也朝著伽米加揍了一拳做回擊，扯著伽米加的衣領，扉空咬牙。

「真羨慕啊，什麼都不懂的人。」

什麼都不懂的人就是這樣，可以輕鬆的說出要他人扔下負擔的話語。

沒錯，他們嘆息著那殘留的倔強、逞強根本是不需要的東西，但，那卻是他唯一僅剩的，是他在離開那個地方後唯一留在身邊的。

他就是靠著這個撐過那段痛苦的日子，讓碧琳有個可以養病的地方。

那個在別人眼中根本無須堅持的自尊心，是他唯一可以保護自己的城塔，可以證明自己是活著的、讓碧琳有個依靠的地方。

如果連這個唯一都扔了，那他就什麼也不剩。

如果不這樣，他根本……根本連自己能不能走下去都不知道！

扉空高舉的拳頭才正要落下，驚天動地的哭聲卻在此時傳來，在場人士皆被嚇了一大跳。

「哇啊啊啊——別吵架了啦——嗚哇啊啊——」

兩名揍得正烈的罪魁禍首看見號啕大哭的青玉，錯愕不已。

▶▶Loading...
第六伺服器
扉空哥，
一起來跳舞吧！
Create Dream Online

男性的鬥爭本來就是容不得別人插手的，畢竟阻止雙方也不見得有用，更何況是朋友間的吵架。但是現在，為了一瓶火槍而打得無法止息的扉空與伽米加，卻因為青玉突然爆出的大哭而傻住。

「果然還是這樣……」浴血銀狐抹著臉。

「沒辦法嘛，誰叫青玉最討厭朋友吵架了。」天戀尷尬的說著。

哭聲驚天動地，不只浴血銀狐和天戀挪後幾步，就連好不容易清醒過來的水諸都抓著座敷童子和枕木童子爬離好一段距離。

「呃……沒人要去安慰她嗎？」荻莉麥亞遲疑的問。

愛瑪尼彈掉指甲上的碎屑，雙手環胸，音量不大不小的喊著：「那兩位打架的，你們把我們家的小青玉弄哭了，自己收尾去，我們可不管。順帶一提，她只要一哭，要閉嘴是很難的事情喔！」

「扉空，你幹什麼把人弄哭了！」伽米加馬上收手，將責任歸屬全推開。

被指名的扉空當然也不容小覷的反擊了。

「是你先莫名其妙讓我丟臉又找我吵的，人明明就是你弄哭的！」

「就算是我先開嘴，但也是你先動手打人！要不是你三天兩頭拿命玩，我有必要討打、討心酸嗎！」

「只不過點個火哪是玩命，根本是你自己閒到發慌故意要找理由跟我吵！」

「像女人的笨蛋！」

「臭嘴的蠢獅子！」

「再吵，青玉都要哭到沒聲囉，請你們不要虐待我們家的小青玉好嗎？」愛瑪尼再度涼涼的說著。

「不要吵架了嗚哇啊啊啊——」

扉空和伽米加互瞪著，現場僅剩火燒木柴的劈啪聲，還有青玉號啕大哭的聲音。最後，由獅子獸人伽米加先舉手投降。

「不吵了、不吵了，先休戰，快去安慰人啦！」

放個女生哭著自顧自的吵架，這還算男人嗎！

扉空嘴巴左努右動，最後鬆開揪住領子的手，朝著伽米加瞪了瞪，用眼神示意。

——你去。你不是說自己是百獸之王，對女人很有一套。

伽米加抬抬下巴。

——女人看見你比較有親和力，你去。

一個拚命瞪眼眨眼，一個抬下巴抬到快抽筋，就是沒人要起身去安慰。

「伽米加哥哥、扉空哥哥，你們不要玩了可不可以？」扶著水諸的兩個小孩不知何時跑到兩人身旁，座敷童子扠腰搖頭。

「突然覺得我尊敬錯人了。」枕木童子說出自己的感想，讓扉空和伽米加瞬間有種被重擊的感覺。

居然被小孩子訓話，簡直丟臉丟到家，比小孩還要幼稚。瞪眼和抬下巴瞬間轉為重重點頭，兩人決定正式休戰，先安慰好青玉再說。

翻身爬起，伽米加拖著扉空來到青玉面前，即使鼻青臉腫，也努力笑著勸說。

「青玉，我們已經決定不吵了，妳也別哭了好不好？」

「唔嗚……」青玉吸吸鼻子。

「人家不是說朋友越吵越麻吉？我們是在培養感情，你說對吧，扉空？」伽米加大力的抓著扉空的肩膀將他拉近，用力拍了拍。

扉空是很想直接拍開那隻抓住自己肩膀的爪子，但看見青玉帶淚的兔子眼，深吸一口氣，他擠出扭曲的笑，「是啊，我們不吵了。」

——你這傢伙把手拿開。

扉空偷偷的朝著伽米加的小腿踢了一腳。

——居然踢我！？裝個樣子，上道點。

伽米加抓著扉空肩膀的手加重力道掐緊。

兩人本來是偷著來的小動作卻越來越誇張，直到青玉二次大哭才停止。

「你們兩個根本……嗚嗚……就沒打算休戰啊啊……」青玉抹著鼻水眼淚，可愛的臉哭得狼狽，還被口水嗆到，咳了好幾聲。

「扉空哥、米哥……」梳木童子露出受不了的表情。

座敷童子翹著嘴，「拜託，你們兩個大人可不可以成熟點？我的肚子餓了。」

扉空看了一眼伽米加，嘴角抽動，「都是你。」

「你也有份。」伽米加再次回嘴。

「不管是誰都好，麻煩快點讓青玉別哭了。」

隔空扔來的話語讓扉空朝著伽米加瞪了最後一眼。

無奈的嘆口氣，扉空轉身走向愛瑪尼，在他面前攤開掌，吐出四個字：「商店目錄。」

愛瑪尼挑眉瞬間不變成燦笑，一轉身，小型商店瞬間具現，就連鋪地的帆布也鋪得平整滑順。愛瑪尼拿著大聲公，單掌拍膝坐往摺疊椅，掏出一本厚厚的目錄遞給扉空，搓手說：「果真是處處有商機，不知道客人您想要買些什麼東西呢？本小店應有盡有，只要您說出來，就算沒有的也能幫您調到貨。」

「副會長啊……」

這種氣氛下還能變臉擺攤，他也真是……揉著紅腫的下巴，水諸無奈嘆氣。

拿著目錄，扉空拇指滑過書頁，紙張劈劈啪啪的快速翻動，直到某一頁停下，他指著書上的東西說：「我要這個。算我會員價。」

愛瑪尼差點被口水哽到，揮揮手，「會員價要有會員卡才行。」

「那給我一張會員卡。不然就算我親友價。」

扉空的聲音不容反對，像是陶瓷娃娃的一號表情盯到愛瑪尼都毛了。最後愛瑪尼只好硬著頭皮揮揮手，「好好好，看在你是公會新成員的分上，我打七折。」

「成交。」

扉空付完錢，接過商品，轉身走向青玉。

「副會長，我一定要鄙視你！」天戀哼了聲，偏頭不理人。

「連這種狀況都要賺錢？趁人之危，我終於看清你了。」浴血銀狐搖搖頭，下了定論。

「耶？我只是照實……」

槍口抵在太陽穴阻止愛瑪尼繼續多言，荻莉麥亞居高臨下的望著他，一字一句要他聽清楚般的慢慢說著：「他，如果這樣還搞不定，就換我用這東西搞定你。」

言下之意就是，如果青玉沒被扉空安慰好，就換他準備上西天。

他是商人，東西本來就是要賣錢的嘛！如果都免費送，那還叫商人嗎？

根本就是「傷人」——傷害他自己本人！

不過這種咆哮的抱怨，愛瑪尼可沒膽說出口，只能鬱悶在心，默默的盯著前方靜觀其變。

拜託，冰山美人可得爭氣點，都給他打了七折，要是再害他上西天，他可是會把折扣的錢全討回來！

看著扉空走回來，伽米加好奇的問：「你跟那傢伙買了什麼？」

「你用不到的東西。」

還真是中肯的回答。伽米加無言的摸了摸鼻子。

「青玉，我們不吵了。」

青玉吸吸鼻子，看著扉空，哽著聲音問：「真的？」

「嗯。」扉空握著剛剛買下的物品停步在青玉面前，低下頭，手指拉著繩帶，細心的將東西繫綁在青玉的側髮上。

扉空幾乎遮掩半面的瀏海微微晃動，低垂的金眸滿是專注，這樣的表情在青玉的感受裡是美麗的。她記得之前在中央城鎮就看過這道身影，只是當時沒有多留神，直到上個任務完成後回到公會，當她再度遇見那曾經匆匆瞥過一眼的人，才又記起。

她覺得他長得很好看，但是不知道為什麼卻讓瀏海幾乎遮去半面，眼裡總藏著什麼東西，只是因為好奇、疑惑、驚喜，她才特別去找他攀談。

但更深、更深的是埋藏在她心底的那股熟悉感。

她想要看見那被掩藏著的半面。

為什麼他要蓋住自己的表情？為什麼他要有那麼難過的神情？她不懂。

青玉不由自主伸出的指尖在即將觸碰到髮絲的時候被閃開了。縮回手掌，青玉咬著唇。

「這個送妳。」

溫柔的聲音讓青玉從思緒中回過神，好奇的摸著頭髮上綁著的東西，跑去河邊照著看。水面的倒影裡，她兩邊原本只用束繩綁著的側髮多了一個手掌大小、盛開七彩碎花的髮束。

「扉空哥，這個真的要送我嗎？」

完全忘記剛剛的思考及哭泣這回事，青玉現在是一臉驚奇，完全被髮束奪去了心。

扉空點頭。

拉起扉空的手，青玉破涕為笑，「謝謝你，扉空哥。」

「……嗯。」

「我要去給大家看看扉空哥送我的東西！」興奮的說完，青玉跑到其他人面前開心的展示新收到的禮物，也得到大家的誇讚。

少女的臉龐，映著害羞的笑容。

「嘖嘖嘖，下次也教我一招哄妹的技巧吧。」伽米加摸著下巴道。

扉空朝著走到他身旁的伽米加瞥了一眼，皺眉。

「哪有什麼哄妹技巧。」

「你看青玉收到禮物就整個人樂了，止哭效果一級棒。不過你也真會挑，怎麼那麼厲害就挑到她喜歡的東西？」

送禮是一門艱深的學問，有時候送出的禮物還不見得對方會滿意，不過看青玉開心的樣子，可想而知這髮束她一定愛死了。

「只是覺得她會喜歡。」

沒來由的，算是直覺吧。他認為青玉會喜歡，就是這樣直接簡單的原因。至於為什麼會有這樣的直覺性，他不知道。

但只要對方喜歡，不論為什麼，他認為倒也不是那麼的重要。

兩名肇事者，加上一名因為勸架而遭殃的被牽連者，三名掛彩的人在青玉的治療下，少去了烏青的裝飾。

知道水諸是因為受到牽連而遭殃，扉空和伽米加自發性的低頭認錯。當然，好好先生如水諸，扉空和伽米加馬上就獲得原諒了。

既然架打完了，那麼也該吃午餐了。而在青玉可能會大哭的威脅下，扉空和伽米加也不敢再動手動腳。

插著肉的竹籤一根根環繞火堆，大家零散的坐在地上，拿著好不容易烤好的肉食邊聊天邊吃著。扉空依然挑個距離火堆稍遠的位置坐著，寵物蛋乖巧的停靠在一旁，看起來就像個靜止不動的裝飾品。

「吶，給你。」

接下伽米加扔來的肉串，扉空沉默的看著食物。

「不用看了，我已經幫你吹涼了啦。」盤腿而坐，伽米加咬著自己的食物邊說。

縱使經過剛剛的鬥毆，伽米加還是一如以往的幫扉空打點好食物。

「……伽米加。」

「唔嗯？」伽米加咀嚼嘴裡的肉食，隨口應了一聲。

「剛剛……抱歉。」

「喔嗯……唔！？」

猛拍著胸口吞下鯁在喉嚨的肉塊，伽米加訝異的瞪大眼。

真的還假的？眼前這跟他道歉的人真的是扉空嗎？不會剛剛打架時不小心把他的腦袋打壞了吧！？

「剛剛是我太衝動了。其實你說的話也沒錯，有些事情，這樣的逞強根本不必要。」

扉空頭腦冷靜下來後，想想伽米加的罵語其實不無道理，他知道自己就算是無法做到的事情也會因為這逞強的自尊心而拚命去做，也曾因為如此而受傷好幾次。

而這樣的原因，是因為那時的他，就只有他自己一個人。

他能依靠的只有自己，碧琳也只能依靠他，長久下來，變成習慣。

——又也許，是有點煩躁吧。

那名叫做林月的女人，讓他的思緒亂了套，和他們相處得越好，就越覺得自己惡劣，也加深了那股猶豫。

「呃……不，該說抱歉的是我。本來每個人的處事方式就不一樣，是我說得過分了些。」伽米加撓撓鬃毛。

「但不管現實的生活是如何，現在在這裡我們變成了朋友、團隊、夥伴，我只是希望你可以多加倚靠我們一些，無法做的事情就說出來，我們都會幫；想做的事情就去爭取，如果可以，我們都會支持。再怎麼任性都沒有關係，重要的是坦率的說出自己的想法，若什麼事都悶在心裡，一味的去逞強……只是會讓旁邊的人擔心。」

扉空注意到伽米加摩娑著胸前的鏈墜子，語氣裡有著連自己也無法理解的情緒。

那墜子，似乎是伽米加很重要的東西。

注意到扉空的視線，伽米加拉起墜子，下墜的火焰圖騰好似滴落的淚水。即使眼裡有著苦澀，伽米加還是微笑著。

「為了可以隨時隨地記得，我在這裡請商店仿製的。曾經有個重要的人，這是她送給我唯一的珍貴禮物。」

雖然不知道那個重要的人現今是如何，不過扉空看得出來那個人對伽米加來說應該是無可取代的，而那眼裡的愧疚又是怎麼的一回事？扉空不去多問，畢竟他自認自己和伽米加還沒到達那種可以把所有事情都坦誠相見的友好程度。

扉空不知道該回答些什麼，只能低應一聲。

熟悉的樂曲打破僵硬的氣氛，座敷童子連午餐時間都不放過聽《兔兔跳》的機會，喜愛這首歌的程度已經如同著了魔。

「小座敷，這收音機還有其他歌曲嗎？」天戀好奇的問。

座敷童子點頭，「買這臺的時候有請商家裝了一些歌曲進去，不過我比較喜歡這首。」

「那可以聽聽別首歌嗎？」

「好。」乖巧的回答完，座敷童子拿起收音機按了幾下按鈕，原本的搖籃曲變成了帶點快拍的抒情曲調。

「是《瑪麗安的百天戀曲》的片頭！」青玉興奮的跳起。

《瑪麗安的百天戀曲》……該不會是……

「《瑪麗安的百天戀曲》是現在在『藍天娛樂頻道』撥出的午間偶像劇，是由菲爾特經紀公司的當紅女星薇薇安主演的。」

伽米加的貼心解釋讓扉空更加不知道該回些什麼話了，他只能尷尬的吃著竹籤上的肉。畢竟他對薇薇安的態度、薇薇安對他的接近，其實他自己也心知肚明，更何況這首歌的主唱者還是……

歌曲的前奏宛如滴落水面的雨水，珠珠分明，或重或輕，在清脆的滑音過後，男女莫辨的媚惑嗓音唱出——

「那樹下的鞦韆，搖晃，如同當時的記憶……曾經，降下的紛紛綿雨，落在妳我掌心……」

是他唱的啊……

扉空將臉埋進雙掌裡，完全不敢抬頭，因為他知道自己的臉現在一定超紅的。

歌曲被拿去搭配偶像劇也絕對比不上這時來得尷尬，混在眾人裡，聽著自己唱的歌，卻要裝成什麼都不知道的局外人，就是有種彆扭感。

為什麼座敷童子要收錄他的歌曲啊……

扉空現在心裡是波濤翻滾又羞恥，這感覺說怎麼怪就是怎麼怪。

「沒想到小座敷也是科斯特的歌迷呀。」

「科斯特？」座敷童子偏了下頭，「那個人是誰？」

「這首歌的原唱啊！妳不是因為喜歡這首歌才收錄進去的嗎？」

座敷童子眨眨眼，露出兔門牙搖搖頭解釋：「當時老闆說可以幫我免費裝十首歌進去，所以我就直接請他裝些好聽的歌，他弄了些什麼其實我也不太清楚，我只要有《兔兔跳》就好了，其他我只聽過沒幾秒。」

突然，扉空有種好複雜的感覺。

他才不會去在意別人喜不喜歡他唱的歌。

真的，他真的不會在意。

「扉空，你的手快捏斷竹籤了。」

伽米加出聲提醒，扉空才發現自己手上的竹籤都快被拗斷了，他趕緊放鬆力道。

扉空用力的咬下一塊肉，咀嚼。

他才沒有在意，只是心情有些不美麗。

「不過這樣聽下來，這首歌真的還滿好聽的耶，老闆裝對歌了。好，我決定將它排進第二名，第一名當然是《兔兔跳》！」座敷童子抓著收音機，隆重決定。

猛咬變成細嚼慢嚥，扉空的難看臉色瞬間緩和了一半，嘴角也跟著揚起弧度。

好吧，他承認聽見座敷童子喜歡他的歌的時候，是還滿開心的。

收音機播放的歌聲慢慢弱下，像是前奏般的樂音放慢拍子，最後緩慢休止。

四分鐘的歌曲很快就結束了，緊接而來的下一首歌則是無唱者的民俗舞曲，比起剛剛的小雨抒情，這首就是大珠彈跳。

曲裡以小提琴作為主調，還可以聽見在節奏點點出的吉他撥弦以及大提琴的低音，偶爾之間還有三角鐵、搖鈴和沙鼓做配角。

輕快、悠揚，彷彿使人置身在兩旁滿是金稻的鄉村小路。

水諸兩手握拳，隨著節奏上下搖擺。

天戀拉起浴血銀狐轉圈跳著。

座敷童子和枕木童子跟著手拉手蹦跳。

荻莉麥亞難得放下槍械，拍手合奏。

愛瑪尼雙手置在腦後靠坐樹幹，樹蔭之下，悠閒情趣。

「還滿好玩的，扉空，幫忙打節拍吧。」伽米加笑著，大聲拍手伴奏。

要他打節拍嗎？

扉空看著前方快樂跳舞的人群，再看看自己的雙手。突然，手腕被人一拉，扉空頓時傾身站起。

青玉的笑顏近在眼前。

「扉空哥，一起來跳舞吧！」

「咦？等、等等，我……」

扉空話都還沒說完，青玉馬上就打斷了：「把鞋子脫掉。」

「咦？」為什麼要他脫鞋子？

「不然等等踩到腳會超痛的，快點。」

被青玉一催促，扉空完全忘記自己本想拒絕，就這樣乖乖的把鞋子脫了。

他赤腳踩在軟草上，腳底有種冰涼的癢感。

「裙子也太長了，等等踩到跌倒就不好了，把它弄短一點。」青玉邊說，邊探手提起扉空的裙襬，拉起一小段塞進他的腰帶做臨時固定，前面塞完換兩邊腰側，最後雙手繞至身後做最後的處理。

貼近的身軀讓扉空繃緊神經，他可以看見青玉頭頂的漂亮髮漩，花草般的馨香從晃動的髮絲飄來。

「好了。」

青玉往後一退，看著扉空原本長至腳踝的裙袍減了一半長，小捲的褲管露出一小截白皙的小腿，她滿意的點頭。

扉空的雙手同時被青玉牽起，朝前拉，兩人頓時縮減到只剩下一個腳步的距離。

「我想還是……」

「如果是要說不會跳舞，其實也沒差，跟著音樂跑就好啦！」

完全不給扉空拒絕的機會，在舞曲一段演奏時，青玉拉著扉空開始轉起圈來。

扉空雙腳有些淩亂的被拉著跑，四周的景物隨著轉圈而跑動，長髮飛揚，青玉拉著扉空鑽進跳舞的人群中。

「扉空哥，你的手在發抖耶。」青玉像是發現什麼有趣的事情般，好奇的睜眼，但是卻未放開那雙手。

他才不會說他是因為和青玉過於靠近而緊張。

「因為我沒有像這樣跳過舞。」

扉空這句話真假參半。他跳過舞，不過卻是為了演唱而排練的流行舞蹈；像這樣混在人群裡的隨興舞蹈，他確實沒跳過。

腳步轉了個圈。

青玉用力一拉，靠近的兩人四目相接。

掌心的溫度觸動心中的柔軟，少女特有的馨香讓扉空臉紅的撇開眼。

青玉則是看著扉空的反應，笑了。

反手一轉，兩人相牽的手高舉交叉，隨著快步升上的音階環繞轉圈，右手一鬆伸展離開，踏離的腳步在旋轉之後又再度靠近，重新牽上。

青玉漂亮的眼像貓兒一樣的瞇起。

本以為無感的心怦怦跳著。扉空輕淺的吐一口氣，僵硬的表情終於放鬆，嘴角不自覺的揚起，跟隨著青玉的步伐繞著火堆跳著轉。

美妙的，燙熱的，如同那瘋狂跳動的心。

眼裡只容下眼前的人。

凌亂的隨興步伐一次又一次的加快，一陣天旋地轉——

「哇啊！」

小聲的驚呼，水花濺起，扉空和青玉手拉手一起踩空摔入河裡了。

真的是天旋地轉。

果然不能挑在河邊跳舞。美麗的零貼合浪漫情懷完全沒出現，倒是糗事冒出頭。

音樂仍是繼續播放著，不過跳舞的、拍手的人卻都停止了動作，集中錯愕的視線在河裡的兩人身上。

「啊啊，好慘喔……」拍拍濕掉的衣服，青玉吐舌。

「……啊噎！」

青玉轉頭看著同樣濕得狼狽、揉著鼻子的扉空，噗的一聲笑了，掬水就直接往扉空潑去。

抹掉臉上的水漬，扉空瞧著那掛著壞笑的臉龐，挑眉，也跟著掬水反擊。

「啊啊！怎麼可以潑女生水啦！等……啊，等一下啦！」

步伐濺起大大的水花，兩人直接在河裡嬉鬧起來，一個潑水、一個擋，然後又回潑反擊。

陽光底下，水珠閃閃發光。

「喀嚓！」

天戀靠在浴血銀狐身後，只見同伴拿著一臺專業相機端詳，接著冒出的虛擬面板上出現了一張與相機螢幕相同、放大十倍的定格照——是青玉和扉空玩水的照片。

天戀好奇問：「狐狐，妳偷拍啊？」

「這哪算偷拍，我是光明正大。」浴血銀狐把照片拉到訊息發送鈕上，在新跳出的視窗上填寫好收件人和內容後，按下發送鈕，寄出訊息。

「妳把偷拍照寄給會長!?」

「噓！」浴血銀狐食指抵在嘴脣上，示意對方不可大聲喧嚷，她聳肩說：「我只是按照會長吩咐，即時回報任務狀態。」

「不過這樣沒關係嗎？」來到兩人身後的水諸靠近，小聲問。

「沒差，說不定青玉之後還會想要這張照片呢。」浴血銀狐對水諸擺了擺手，關起面板，伸懶腰，「嗯～天氣真好。」

另一邊，看著遠處面露溫柔笑意的扉空，伽米加靠往樹幹，蹺起二郎腿。

「像這樣坦率，不是很好嗎？」

伽米加悠閒的闔上眼，享受寧靜的風光。

「滴叮滴滴咚噠噠噠噠——」

在一陣急促的節奏鼓聲之後，樂音斷然止息。

▶▶Loading...
第七伺服器
如果我喜歡上你，
該怎麼辦？
Create Dream Online

阿里不達鎮位於南方大陸偏東內陸，全城四百四十四座商屋皆以紅木磚瓦為底材，雕鏤的方形燈籠高掛前梁，招牌的字體用著粗毫揮灑書寫，紅色的燈光華麗中帶著樸實。撇除道路兩旁以蟋蟀造型為頂的高科技路燈，阿里不達鎮可以算是一座有著濃濃東方風味的古城。

在夜晚時分，一行人到達阿里不達鎮，開始找尋摸摸茶餐廳的所在處。

這裡除了他們，還有其他玩家也前來觀光、遊玩、解任務。

或許是因為建築特色的關係，玩家的人數可以算是中上數量。除了玩家，也有幾位身穿古裝的動物穿梭在人群間。

是的，沒看錯，就是雙腳直立的動物人。蔬菜攤的白熊老闆勤快的招呼停下腳步的顧客；水果攤的波斯貓老闆瞇起笑，搓著手嚷嚷著自家產的水果有多好；魚攤的大黃狗老闆將貨車載來的漁獲一箱箱卸下。

大象、白熊、黃鼠狼、兔子，就連現今已經絕種的迅猛禽類在這座城裡都能瞧見。有的是買東西的顧客，有的是路旁乞討的乞丐，有的是追逐遊玩的小孩團體，也有身穿旗袍扭腰擺臀的酒樓紅牌。

「伽米加，你的家鄉到了。」

「這話一點都不好笑。」伽米加朝著扉空白了眼，「你什麼時候學會調侃人了？」

「我只是突然想說這句話而已。」

原來在不知不覺間，他也變了。

扉空跟著前方的人邊走邊張望，因為有青玉帶頭，只要不走遠倒也不怕會跟丟。其實從港口到阿里不達鎮這路上，可以發現青玉一直擔任指揮的角色，如果以隊伍來說就是隊長了，她也當得挺有聲有色。

至少他就比較適合跟著人跑，而不適合帶頭。

微微晃動的尾巴，偶爾抖了下的尖耳——其實青玉也挺可愛的。

「扉空，你口水流出來了。」

扉空嚇了一跳，慌忙擦了下嘴，才發現自己被耍了，轉頭瞪著一臉痞笑的伽米加，鍵盤直接劈下。只可惜完全摸清扉空底子的伽米加根本沒在怕，不只輕鬆閃過還反搶過鍵盤，嘿嘿嘿的摸著下巴說：「還說你對青玉沒興趣，看，你都看呆了。」

爪尖戳戳扉空的額花，伽米加不亦樂乎。

揮手亂擋，扉空怒斥：「少胡說八道！鍵盤還來！」

「真是的，男子漢就應該乾脆點，哪像你扭扭捏捏的只會偷看。」

伽米加嘴裡碎碎唸著，邊遞出鍵盤，立刻被扉空大力搶下。

「都說不是了！」

到底要他說幾百次，他沒有喜歡青玉，只是……只是覺得一個女生如果像她那樣子是挺可愛的，只是這麼樣的一個想法罷了，所以會忍不住打量，但絕對沒有戀愛的成分。

畢竟他不能，也沒打算。現在的他只想認真的工作賺錢，直到碧琳可以好起來，健健康康的去追求自己的夢想與幸福，這樣就足夠了。

「那就是友達以上，戀人未滿。」

「別像個評論家一樣對人評頭論足的。」

扉空不耐的說完，才準備朝著身旁的手臂一撞以表不滿，卻沒想到寵物蛋竟在此時拍著翅膀一頭撞進他懷裡。

扉空險些連肺都吐了出來。

捧著胸，扉空一臉痛苦的彎下腰。

這蛋到底是不是他的呀！根本是故意要讓他掛點的吧？還挑他準備打那隻蠢獸人的時刻！

「嘖嘖嘖，有小孩的男人就是辛苦。」伽米加一掌拍肩，語重心長。

「別用那該死的可憐眼神看我，乖乖閉嘴待旁邊行不行啊你！」

真是的，就不能安靜個一小時讓他耳根清靜嗎？

扉空喘了幾口氣，揉揉胸口，待疼痛舒緩了些後，挺直身子，拍著翅膀的寵物蛋再次朝他懷裡蹭去。

似乎是感應到第一次可能撞太大力讓主人痛苦，這次寵物蛋在距離胸口十公分的地方停下，遲疑了一會兒才慢慢的靠近。

這寵物蛋還算有點人性，只不過這人性都是要先撞一次猛烈的才會產生，再這樣多撞幾次，他看任務中途不用被怪物削，他就直接掛回重生點了。

在扉空開始孵蛋的同時，前方的人也停下腳步，找到了任務的目標地。

「摸摸茶餐廳……是這一家吧。」水諸指著左邊某家店家。

和旁邊的建築沒什麼兩樣，比較明顯的就是屋簷上那以茶桌木頭當底的招牌，牌面上由黑墨刻寫著「摸摸茶（包君滿意）餐廳」這行字體，不只如此，字體旁還有個小小的像是手掌的圖案。

——這感覺像是在做特種生意的餐廳究竟是……

眾人面面相覷，同時冒出相同想法。

真是進去尷尬，不進去也尷尬。

不過帶頭的青玉沒在怕，直接快步走進店裡。

指揮長官都進去了，小兵待在外面也奇怪，下一秒，大家深吸一口氣，衝了！

眾人一進店裡，場景風格瞬間不變，外頭是濃濃古風味，但裡面卻是復古電影裡常看見的西部風格酒吧。

店裡有著四、五桌客人，有些是長著動物頭默默喝著酒的遊戲內定NPC，有些則是正在吃晚餐的玩家。

吧檯裡，穿著藍色花襯衫、頭戴花圈的狐狸先生正細心的擦拭著玻璃杯，牠的頭頂有一枚和南港村長一樣的發光驚嘆號。

當一群人走到吧檯前，正在擦拭玻璃杯的狐狸先生馬上停下了動作，好聲詢問：「您好，請問有什麼可以為您服務的？」

「我替南港村長送來神奇香茅。」

青玉將被玻璃球包覆的香茅交出。

接過香茅，狐狸先生原本就帶有弧度的嘴上揚成一個特級明顯的笑：「原來是替村長送貨來的，辛苦各位了。這是我的謝禮，請收下。」

每個人的面前各出現了由光球包覆、紅色玻璃罐裝的啤酒，在啤酒的下方還有個「×5」的字樣，接著金幣入帳的聲音在耳邊響起。

『將【神奇香茅】送給阿里不達鎮【摸摸茶餐廳】的【狐狸老闆】，任務完成。【狐狸老闆】贈與您獎勵：青啤×【5】、【500】創世幣。』

「各位，突然請託有些失禮，但實在是因為我抽不開身，在年初大掃除時我發現了之前的工讀生遺留的東西，不知道各位是否能幫我個忙，將這箱物品送至給【熊熊獵火村】的廣場畫家【熊布朗尼】？」

在狐狸先生口頭詢問完之後，任務面板跳出相同的詢問框，二話不說，青玉直接按下「YES」鈕。狐狸先生感謝致意，並從吧檯底下搬出一箱貨品，在青玉觸碰到紙箱的時候，紙箱便自動收進她的裝備欄裡。

「真的非常感謝各位的幫忙，下次若有空，歡迎以客人的身分到來，小店的菜餚皆以八折優惠招待各位。」

如果整條任務流程跑下來都是在城鎮間來回送貨賺點小外快，其實也不算差，不過前提是真的只有單純的送貨，而不是要挑戰生命極限。

「真的，非得走這裡？沒有別條路嗎？」

「地圖只有顯示這條路徑，況且這裡放眼望去也只看得見這條路。」

聽見青玉的解釋，扉空頭痛的揉揉額，他多希望狐狸老闆是委託他們去周遭打打怪蒐集材料，而不是要他們去那個什麼熊熊獵火村的地方。

好，就算送貨到村莊，但也不用安排一個連對岸樹木長什麼樣子都看不清楚的特大峽谷當難關吧！更別說唯一可以通往對岸的路還是他們眼前這座……不，是這條根本就是靠著麻繩撐起的山索。

要是他們走到一半好死不死繩子斷掉，還不一群人摔下去掛回重生點？

這還算是給人悠閒度假打發時間用的遊戲嗎？根本就是製作人自己有怨念，想把隨機謀殺合理化！

「我看看喔，這裡寫著……『敬告各位旅客，即使謾罵開發部的成員也不會獲得超精美雲梯一座送你到對岸，所以還請放寬心，用著愛、勇氣以及希望融合而成的毅力，與朋友攜手同心、團結合作，千萬不要一時氣憤破壞此山索，否則後果自行負責──創世開發團，關心您。』哇塞，完全猜中我們的心思……」伽米加一抬頭便看見扉空正蠢蠢欲動的模樣，趕緊勸道：「扉空，你的手在幹什麼？快將那把刀移開，不然我們就真的要用跳的跳過去了。」

低啐一聲，扉空收起剛剛準備拿繩索來出氣的隨身小刀，輕哼，「這是完完全全的挑釁，你不會真的以為光靠這條繩子能讓我們撐到對岸去吧？」

「不然也沒別條路可選。預防萬一，我打頭陣好了。」

伽米加自告奮勇的抓著兩邊的扶繩，小心翼翼的踩上那光靠一條繩子當底的山索。

走了幾步，確定繩子還算穩固後，伽米加朝其他人招手。

「那……換我吧。」天戀擠出一抹僵硬的笑，抓了抓兩側的雙刀確認裝備不會脫離之後，才

抓著扶繩接在伽米加身後走上。

令人暈眩的高度、搖晃的山索，天戀完全不敢往下看，連抓著的手都開始有些發抖。

「還好嗎？」伽米加往回走向天戀，叫出一條布巾綁在自己的腰間，尾端讓天戀捲在左手拉著。

多一人支撐大概也不會那麼怕了，天戀小聲道謝：「謝謝。」

「我們現在是共同體，當然要互相幫忙。」

「是。」

「喂，後面跟上的，男生就幫忙帶一個女生。」

聽見伽米加的喊話，浴血銀狐睨了眼腳下山谷，處變不驚，臉上連點畏懼都沒有，反倒是看見崖邊抓著繩索縮著發抖、完全不敢動一步的水諸，她二話不說直接掏出一把藍色釣竿，手快的在釣繩前端綁上一塊漢堡，晃了晃，大聲說：「喂，水諸，你看看這是什麼？」

縮成球的男子露出雙眼，在看見釣竿前端的漢堡時，瞇瞇眼瞬間瞪大。水諸吞下分泌的唾液，肥凸的肚子也順勢傳來一聲明顯的「咕嚕」，鼻子嗅了嗅，雙腳完全停止顫抖，反而還緩慢的站起，步步前行。

水諸雙眼緊盯著食物，嘴角還滴滴答答的流著唾液。就這樣，被食物奪去心神的水諸，毫無阻礙的踏上山索之路，連扶繩都不用，堪稱絕技。

「好了，換我們！」

「等一下！小座敷、小枕木，你們真的沒問題嗎？乾脆我們一個人帶你們一個……」

「不用啦，就只是走繩子而已，我們平衡感很好的呦！對吧，枕木？」

「就是說呀！況且比這更危險的東西，我們之前解任務的時候就玩過了，老實講，有點無聊。好了，我們走吧，座敷。」

「喔耶！」

「等、等一下！」

青玉還來不及抓人，兩個小孩子就像噴射機一樣衝了就不回頭。

他們大人抓扶繩的位置是靠近腰部，但座敷童子和枕木童子卻是高舉手才抓得到扶繩，青玉看他們一下有踩、一下子沒踩跳著走的樣子，真的很心驚。

山邊的大人才剛準備跳上山索追人，卻沒想到眼熟的白兔娃娃突然蹦出，還瞬間拉長成成人大小擋在座敷童子面前。

繩索因為突然增加的重量而大晃了幾下，伽米加、天戀和浴血銀狐趕緊抓緊扶繩，而水諸卻是視線隨著漢堡上下大晃，光靠手輕輕的扶著繩，腳步厲害得完全沒有任何偏移，待山索晃動停止後，才又繼續步步逼近。

——他對食物的執著會不會太可怕了!?

「太危險了。」

男性的嗓音再次從白兔娃娃體內傳出，在小小的驚呼聲下，白兔娃娃一手撈起座敷童子、另一手撈起枕木童子，轉身跟在水諸身後走著。

看著不停抱怨「這樣不好玩」的雙胞胎被白兔娃娃抱著走遠，山邊的大人也鬆了一口氣，至少有那隻娃娃在，他們倒不用擔心座敷童子和枕木童子的安危。

「那……荻莉姐，換妳囉。」

身後的提醒讓荻莉麥亞的表情出現微妙的扭曲，深吸一口氣，荻莉麥亞轉身說：「我看我還是去找別條路走好了。」

「誒，槍械女王在用槍時不是很強悍?怎麼遇到這小小的山索就退縮了?」愛瑪尼掏掏耳朵，一反之前的怕死態度，從隊伍的最後方繞到荻莉麥亞面前擋住她的去路，挑釁道：「我可以好心的帶妳過去喔。」

「不必……你、你幹什麼！快放我下來！」

突然被人扛上肩，荻莉麥亞失措的拍打愛瑪尼，臉頰不知道是因為腦袋倒立還是其他原因而染上臊紅。

完全不理會荻莉麥亞的拍打，愛瑪尼吹著口哨踏上山索，一手抱住荻莉麥亞的腰，一手搭著扶繩，雖然走幾步身子就左右微晃了下，但從愛瑪尼身上還是可以看出高度的平衡感。

「唔姆……」

望不見底的山谷讓荻莉麥亞緊張到完全不敢睜眼瞧看，只能緊抓著愛瑪尼的衣物當倚靠。

霸悍的女王變成溫順的小貓，愛瑪尼倒是樂得享受。

「原來荻莉姐怕高呀……」青玉掩嘴小聲道。

山邊，只剩下扉空和青玉。

扉空與青玉對看了幾秒，最後問：「妳有東西可以讓我綁著嗎？」

言下之意就是要帶她走山索。

青玉搖搖頭，「不用拿東西綁著，只要扉空哥你不介意我走得慢。」

「確定？」

青玉用力點頭。

真是個有膽量的女孩。扉空對青玉再度多了一項新體認。

「那，我們走吧。」

「好。」

青玉張開雙手，深吸一口氣，握拳低喊了聲，隨即抓緊扶繩，邁開腿。

在青玉走上山索之後，扉空也跟在她身後踩上繩子。

布滿霧氣的山谷深不見底，遙遠的對岸只見一片模糊的森林，無法判別樹種；寒風從山谷底部竄升吹上，支撐著一行人的繩子不穩的晃著。

越接近中段，繩索下降成一個極限的弧狀，原本的平穩支撐變成只能靠著扶繩施力行走。即使身為理當膽大的男性，扉空也不免有些卻步，他只能緊盯前方的背影，不去低頭張望，免得到時分心踩空。

耳膜被颳起的咻咻風鳴填滿，他無法聽見其他聲音。

眾人小心翼翼，一步一步的緩慢走著，本該是逐漸縮短的距離卻越覺遙遠。

——到底什麼時候才能走到對岸？

扉空的心裡出現無法踏實的浮空感，走了十分鐘，卻像走了一小時，繩索的路程也沒縮短到哪去，實在有些不想走，可想回頭，卻又不能。

——為什麼沒有空中纜車或是航空機？這設備根本就是故意整人用的吧！

想著，走著，唸著，走著。

扉空腳步麻木的移動，完全無法感覺到血液的竄流。

終於，山索在不停行走之下縮短了三分之二的距離，還差一點就能到對岸了。

眼見前方的鐵杉樹林越來越清楚，心裡的浮空感也慢慢踏實，一行人的腳步稍稍加快不少，只希望能趕快到達對岸，完全不想在這山索上多待一秒。

然而，突如其來的狂風從底下捲上，將山索吹晃了好大一個弧度，眾人趕緊抓住繩子穩住身軀，卻沒想到山嵐捲起的不只是霧氣，還挾帶一堆斷裂的樹枝碎石。

只見一堆雜七雜八的東西被捲上天，在風止之時又紛紛落下。

眾人趕緊蹲下躲避撞擊，細小的碎石彈打在身上，一顆大石更是直接砸在中央的繩索上，所

有人腳步一個彈跳，落踩回繩子上。

重量讓山索下壓出一個近七十度的斜度。

本以為樹枝碎石落完回歸山谷就沒事，眾人才剛準備趁著風止的時候趕快踏上對岸，但此時被大石頭壓住的山索角度卻越來越傾斜，大家心裡大喊不妙，慌張的站起，也不顧會不會踩空繩子就直往對岸拚命的狂跑。

突然，左邊的扶繩斷裂。

伽米加拉住差點踩空的天戀，朝後方低喝了聲：「快跑！」

浴血銀狐扛著釣竿靠著單邊扶繩跑著。

雖然漢堡已經不知道脫落到哪裡去了，但靠著求生意志，即使手腳發抖，水諸還是氣喘吁吁的跟在浴血銀狐身後快走。白兔娃娃抱著座敷童子和杕木童子跟在水諸後方，然後是扛著荻莉麥亞的愛瑪尼、青玉，以及殿後的扉空。

但是奔跑比不上意外發生的速度，伽米加才剛踩上對岸的石地，右繩與底繩卻在同一刻紛紛斷裂！

「唔哇啊啊啊啊啊——」

耳膜傳進女性的尖叫，扉空只感覺腳底一空，在身體下墜的同時伸手去抓住飄盪在自己眼前的山繩，一個晃盪，身體硬生生的撞上山壁，麻意瞬間從手臂竄至全身，但是扉空也不敢放開手。

突然，上頭不知道是誰喊了聲，扉空才剛抬起頭，熟悉的背影迎面墜落！

沒多做思考，扉空出手抓住了青玉的手腕，卻沒想到下墜的速度實在太快，單靠一隻手根本無法及時撐住，扉空瞬間被扯著往下滑。

抓著麻繩的手掌在急速摩擦間傳來灼熱的刺痛，麻繩被染上怵目驚心的紅。

眼見繩索即將見底，顧不得疼痛，扉空加重握力，終於在到達斷口之前減緩速度，在頓了兩、三次之後停止下滑。

拉著人的身影在山谷間微微晃盪，藍色長髮隨風飄動。

右手傳來的灼熱疼痛讓扉空幾乎快失去知覺，但他知道他不能放手。

「扉、扉空哥……」看著那繩上的血痕，青玉眼眶囤淚。

青玉被拉住的左手傳來顫抖的施力。

扉空咬著牙。

「咿呀——」

扉空奮力舉起左手將青玉拉至與自己平高，讓她抱著自己，接著左手抓上了繩，但這樣的動作也讓扉空的氣力消耗更多，只能低頭喘著。

「青玉……青玉妳聽我說……」

上方的隊員一個個被拉上山邊，但剛剛阻止青玉摔落谷底的扉空卻是疲累不堪。他不知道自己還能撐上多久。

鮮血順著繩索向下流落，袖臂暈染斑紅，血液讓右手變得濕滑，要不是左手一起拉著繩子，他恐怕早就脫手和青玉一起摔下去了。

「我要妳踩著我爬上去，知道嗎？」

扉空的聲音比平常要柔上數倍，就像是在安撫驚慌失措的嬰兒般。

「扉、扉空哥……」

「聽話，我沒辦法這樣吊著支撐兩個人的重量。」

喘了幾口氣，扉空嘗試著讓腳尖去碰觸山岩，好不容易找到一小塊突出的區域，脫滑了好幾下才踩穩。

膝蓋微曲，他輕聲打氣：「妳做得到的。踩著我，爬上去。」

最後的六個字加重語氣，他知道自己這樣吊著沒辦法支撐多久，在他還有力氣前，至少要讓青玉抓到自己的支撐點，他不擔心之後如何，因為他知道伽米加他們會把青玉拉上去的。

紅著眼眶，青玉發抖的伸出右手拉上繩子，她踩著扉空的膝蓋、手臂、肩膀，依照扉空要她做的，左右腳依序踏上山壁，拉著繩子吃力的爬向上，汗水和指尖都是冰冷的，青玉不敢低頭，只想著快點往上爬，她知道只有她爬上去，其他人才能將扉空拉上來。

扉空望著上方逐漸攀爬遠離的背影，心中一直彈奏不出聲音的弦線微微的發出低聲的餘音。他垂下頭，被霧氣遮掩的山谷在眼裡是模糊的，原是令人畏懼的高度，此時他卻毫無任何感覺。

抓著繩子的雙手已經麻痺。

疼痛，他感覺不到。只是覺得眼皮重到想垂下，不想再抬起……

青玉終於攀上山邊，雙手被人握住，愛瑪尼和浴血銀狐出力將青玉拉了上來。

「做得好。」

「扉空哥他……」

「我們現在就把他拉上來。」伽米加一說完，立刻和其他人一起拉住繩子，開始拖拉。

繩子一寸寸的緩慢上升，扉空的腳尖脫離岩石。

扉空聽見青玉在呼喊他的名字，聽見伽米加叫他抓好繩子別放手。

但是……

「扉空……？」

伽米加心裡揚起不妙感，才剛要喊出話，扉空原本攀抓住繩索的右手卻突然滑開，僅剩左手還抓著繩子，搖搖欲墜的身軀讓伽米加心一驚，趕緊加快拉繩的速度。

狂風吹亂髮絲，扉空抬起頭，瀏海遮掩表情，唇瓣開啟一小角，扉空微吐氣。

他看見伽米加驚慌失措的轉頭不知道朝著身後喊了些什麼。真好笑，原來那傢伙也會有這樣的表情，他還以為他只會裝痞和個性惡劣，原來……

『抱歉。』

扉空無法發出任何聲音，只能無聲的說著，握著繩索的手微微下滑，麻意染上五指，力氣漸漸抽失。眼見即將到達山崖，但就在伽米加伸出手的那一刻，扉空那已經使不出任何力氣的手就這樣鬆開。

染血的手掌就這樣從伽米加的指縫間溜走，藍色的身影墜往谷底。

「扉空——」

金色的小翅膀收起，白蛋猛烈的自轉著，超越重力加速度朝下墜落，在超過扉空的同時，順轉至腳下，小翅膀再次張開劇烈拍打往上撐住主人急速墜落的身體。

兩股相衝的力量互撞，下墜者的體重並不是一顆小蛋能夠撐住的，縱使蛋殼鋼硬如鐵，但撐在扉空腳下的蛋面還是出現了裂縫。

因為寵物蛋的即時救援，扉空的下墜速度減緩不少，也在此刻，一條鋼灰色的鐵鍊從山邊飛竄而下，鐵鍊貼上扉空的腰側，在狼牙形狀的鐮刀帶頭下，從扉空的腰底繞過，再從另一側甩上，鐵鍊足足纏繞了兩、三圈，同時鍊身傳來扯緊的力道，下墜的身影頓時停吊在半空。

「快拉！」

愛瑪尼一聲令下，能動的人趕緊抓住鐵鍊，開始使力後拉。

半空的身影重新寸寸上升，腰部傳來的緊窒感讓扉空知道自己算是活下來了。咳了兩聲，左手抓住捆繞腰部的鐵鍊，他緩慢的抬起頭，刺眼的白光讓他下意識的避開眼，然後他看見了從底下搖搖晃晃飛到他身邊的寵物蛋。

他知道剛剛是這顆蛋幫了他。

「謝謝。」

扉空虛弱的說了聲，寵物蛋左右搖擺著，親暱的蹭了蹭他的臉頰。

眼角閃過一絲黃，抬眼望去，扉空看見了寵物蛋身後的山壁，在那石縫裡生長著一株黃色的多瓣小花。

扉空緩慢的舉起手，使勁伸長。

寵物蛋往旁邊挪移，讓出位置。

在扉空的手掌握住綠色草莖的那一刻，順著上拉的力道，黃花脫離石縫，被摘採而下。

扉空一被拉上崖邊，腰部的鐵鍊才剛鬆開，迎面而來的就是青玉淚眼汪汪的懷抱。

寵物蛋搖搖晃晃的拍著翅膀跟著停靠在一旁的石頭上，原本光滑的蛋面裂了一條不小的縫隙，漂亮的銀色電紋就這樣被醜醜的截斷。

「扉空先生！」

水諸和浴血銀狐扔下鐵鍊慌忙跑上前，而跪在扉空身旁的伽米加則同時傳來破口大罵：「你這個蠢蛋，明明就差那麼一點，為什麼要放手！」

天知道要是剛剛沒有愛瑪尼及時出手，扉空會有什麼樣的下場……

為什麼這傢伙總是這樣，明明就差一點，為什麼他要放手？該堅持的時候不堅持到底，不該堅持的時候卻拚命逞強！

心裡無限煩躁，伽米加是真的很想動手揍扉空幾拳，但看見傷痕累累的扉空，又慶幸扉空還在，沒有真的摔下山。

所以他這拳，怎樣都揍不下去。

座敷童子和枕木童子跳下白兔娃娃的手臂，衝上前抱住了扉空和青玉。

瞧了一眼旁邊握緊背帶的荻莉麥亞，愛瑪尼邊捲著連接鐮刀的鐵鍊，邊說：「要是想關心妳的同伴就過去。」

這句話，讓荻莉麥亞鬆開咬著的嘴唇。抿著嘴，她邁步走向前方圍著的人群，卻沒發現後方的愛瑪尼輕吐一口氣。

「真受不了，完全不知道女人在矜持些什麼。」

這語氣並沒有任何輕藐，但卻帶著無法猜透的情感。若是荻莉麥亞在這一瞬間回頭，肯定會發現愛瑪尼此刻的表情是多麼的令人熟悉。

靠在青玉的肩頭，扉空能感受到少女的害怕和大夥兒的擔心。

他當然知道就差一點，但他就是沒力氣了啊……

輕吁氣，睫毛垂下，扉空無力的伸起手，扶在少女的背部，握著黃花的手靠在她的肩膀。

「送給妳。」

輕聲細語，帶著濃烈的情感，雖然還有著迷惘，卻也有些清明。他好像有點知道自己為什麼會那麼在意這個女孩子，他知道她會喜歡的。

他這順手摘下的小花，足以安慰她擔憂的心。

青玉接過小花，緊抓著花莖，她將頭埋進扉空的頸窩裡，右手握拳一下一下的敲著扉空的背，哽咽的問：「為什麼你還要摘花給我？」

「我想妳會喜歡。」

「為什麼？」

青玉吶喊著問。

扉空沒有回答。

但或許，他這樣的無聲就是回答。

「扉空哥，要是我喜歡上你該怎麼辦？」

青玉的輕聲問話讓扉空闔上眼。

「我知道妳不會。」

扉空肯定的說著。他知道對方絕對不會愛上他。

青玉笑了聲，吸著鼻子，將下巴靠在扉空的頸間，看著那因為她手指的摩娑而轉動的小花，再次用力的抱住扉空。

「還好，你活著。」

▶▶Loading...
第八伺服器
打勾勾，
櫻花雨的約定。
Create Dream Online

百層樓高的大樓坐擁千坪，樓頂還有宛如土星般的外環樓層，在外環之下有著一片用炫彩LED燈不停變換影像的螢幕，螢幕裡的影像皆是以戲劇電影的預告為主，最後預告片播畢，浮現的是「優游影像實業」這行字樣。

擁有華麗外觀的大樓，今天優游實業的內部也同樣有著華麗的活動。

優游實業從五十樓到六十五樓皆是宴客用的活動場地。

接近晚秋的十月下旬，五十一樓的寬廣大廳正舉辦著由優游實業的夜景項導演，以及菲爾特經紀公司共同合辦的「月華夜開鏡記者會」。

一出電梯就可看見兩旁擺滿了祝賀的花籃，敞開的大門可以感受到從會場內部吹來的寒涼空調，走進裡面更可以看見上百家媒體正架設著機器、低頭閱讀書稿問詞，蓄勢待發。

這次的記者會，是為了宣布夜景項所監導的新作《月華夜》正式開拍，以及介紹參與本劇演出的藝人。想當然耳，夜景項的口號就是不用資深老演員，喜愛用素人，而這次的主角又會是由誰擔綱，著實令人好奇。

在會場的角落，一名蹺著二郎腿晃著、別著「春亞娛樂」名牌的男子，邊啃著麵包邊抬頭望著中央打著亮燈的紅毯舞臺，完全沒有旁人的緊張，悠閒得就像是來觀光一般。

「智元哥，拜託這時候就嚴肅點，這裡是記者會的現場，我們是要搶頭拍的耶！你看你，還在吃吐司……這次要是再出包，我們就真的捲鋪蓋準備被扔到冷部門了。」

「中午連飯都還來不及吃就被叫到這裡待命，不吃個東西墊肚，等一下別說搶，直接餓暈在椅子上怎麼得了！而且你看這麼多人，頭拍怎麼搶？等等不被踩死就是萬幸了。」楊智元白了對方一眼，繼續晃頭吃著麵包。

每次都是這樣，上頭一句話，下頭就立刻出發待命，搞偷拍、搞跟蹤，他還曾經為了搶頭拍，自己的這隻腳差點被人踩斷了，也不知道是哪家新聞部這麼陰險，居然直接用攝影機往他的頭撞，害他直接往前跌，要是跌在空地就沒什麼差，偏偏當時的情況根本就是脫韁野馬群；而這一倒，也又不知道是哪個短缺腦的，居然就朝他的小腿踩了兩、三腳，那時他還打上石膏躺床一個多月。

頭拍、頭拍，就不要他們這些員工的命了是不是！

要不是為了賺錢，誰願意這樣？

楊智元心裡嘀嘀咕咕的碎唸，雖然臉頰臭，心情超級不爽，但就在夜景項從舞臺右邊的布幕後方走出來時，他趕緊拍拍扛著攝影機的青年，喊著：「小么，快衝！」

「喔、喔好！」

一聲令下，吳堳么趕緊扛著好幾公斤重的攝影機往前擠進人群，而楊智元也不落人後，拔腿跟著一起衝，沒想到前方排開的椅子實在太擋路，他才剛準備轉跑道抄小徑，後腦突然被重重一磕。

「啪！」

楊智元再次出師未捷身先死，像塊肉排直直摔在地。

「快快快！到前面去！」

黑色的皮鞋從楊智元身旁跑過，搶去他原本要抄的路線。

楊智元抬起頭，只見前方那白色T恤上印著的一行字——「樂天電視臺」。

「樂天……我詛咒你們收視率節節下滑攝影器材全爆炸！」

在外頭記者席上演小段插曲的同時，後臺的石川正向科斯特做最後叮嚀。

今天的科斯特特地換上了劇服。

「吉詠夜」的劇服有古代與現今的分類，而科斯特今天換上的是古時的白色系鄉村服飾，還圍了素色的圖騰腰巾，為了符合角色形象，也將頭髮做了暫時染黑及小修剪，且小小的將髮尾抓翹。

光是用這一身行頭，科斯特就耗去了一整個上午的時間。

「記好了，科斯特，等一下你出去後就照之前說的坐在夜導演隔壁的位置，之後記者的隨機詢問也要謹慎回答。喔，還有，千萬不要出現暴走情緒，你也知道記者就喜歡看藝人出糗找話題……不過我想這點應該不用過於擔心，這些記者都是篩選過的，理當不會有擾人的問話出現。」

「希望如此。」

石川看著正在整理腰巾的科斯特，挑了眉，說：「對了，現在碧琳應該已經打開電視等著看這場記者會的Live了。」

科斯特瞪大眼，「碧琳怎麼會知道！？」

「前天早上去探望她時順便說的。咦，我沒跟你提過嗎？」

明知故問，他根本就完全沒跟他說！

……等等，前天早上……前天早上他不是在錄製宣傳節目？難怪錄製的時候他都沒看見石川，原來是趁機溜去醫院。

科斯特正想繼續追問，這時候工作人員快步來到他身旁通知。

「科斯特先生，已經差不多要準備上臺了，麻煩您請先到入口那裡等待。」

「科斯特，我剛剛交代的事情一定要記好，千萬、千萬不可以突然暴怒。」石川認真道。

「我才不會！」

白了石川一眼，科斯特在工作人員的引領下來到舞臺入口。

從布幕的縫隙間，科斯特看見了滿是記者的臺下白色銀光閃不停，聽見了薇薇安用著含有笑意的聲音做著「冬華」與「夏月」的角色介紹，在薇薇安述說完畢之後，主持人接著說了幾句話，並朝著站在幕簾口的科斯特望來。

「那麼現在就請飾演穿越兩個時空，與冬華、夏月有著精采的對手戲，本戲的男主角『吉詠夜』——菲爾特經紀公司的『科斯特．桑納』先生上臺！」

「科斯特先生，您可以上臺了。」

一旁的工作人員小聲的提醒，做了個「請」的手勢。

深吸一口氣，科斯特邁開腿走上舞臺，身影融入閃爍不停的銀光之中。

▲▲▲◎▼▼▼

「這次非常榮幸能受到夜景項導演的邀約演出男主角這樣重要的角色，在看過劇本之後，我更覺得這是一部極具挑戰力、也相當有趣的戲劇，對於打破我本身既有的形象更是一大挑戰，我會盡全力將『吉詠夜』這角色做出最好的詮釋。」

舞臺下方的記者再次提出發問，閃光燈也閃爍不停。

影像縮小停駐在女主播的視窗旁，擦著淡色口紅的嘴唇微笑說著：「夜景項導演這次的新戲《月華夜》採用了從未有過戲劇經驗的新人歌手『科斯特．桑納』，從以往的作品看來，這次在新劇裡，科斯特的表現也將會引起熱烈的注目，就讓我們一起期待他的表現。」

閉闔的門板傳來開啟的軸聲，碧琳握著電視遙控器的手指也順勢按下關閉鍵。

螢幕轉黑，碧琳望向門口的人，笑著打招呼：「科斯特哥哥。」

科斯特來到病床前，將紙袋中裝著雞湯的保溫碗拿出。

「這是石川煮的，他叫我順便拿過來。」

「讓大哥呢？」

「公司有事他先回去了，等處理完再過來。」

科斯特朝著床邊的紅鈕按下，床尾原本收攏直立的桌面自動攤平移動到碧琳面前。他將碗蓋打開，與湯匙、筷子一同放置在桌面。

科斯特從抽屜裡拿出杯子，將保溫瓶裡的蜜絲茶倒入，淡金色的液體散發甜人香氣。將杯子放在桌面右角後，科斯特拿起髮圈，坐到床邊開始收攏少女略顯凌亂的長髮。

在科斯特幫忙梳整頭髮時，碧琳端著杯子小口啜飲著熟悉的茶品，她放鬆的吁口氣，滿足道：「哥哥泡的蜜絲茶果然是最好喝的。」

聽見讚美，科斯特露出柔和的微笑。

「對了，我看囉。」

「嗯？」

科斯特將髮圈轉了兩圈固定，碧琳也在同時轉頭，說：「《月華夜》的記者會，剛剛電視又在重播了呢！」

距離那場記者會已經過了一個禮拜，雖然他早就料到話題可能會延燒一段時間，但是當他自己實際看到娛樂新聞、報導、雜誌這些天來一直重複播映當時的記者會現場，談論著「科斯特・桑納」接下這部新劇的男主角角色將會引發的熱潮或是評論，尤其是從碧琳口中說出這件事情，本來毫無感覺的他現在卻覺得有些困窘。

科斯特一愣，有些害臊的垂著頭，將視線隱沒在那被髮束捆綁的髮絲裡。然後，他停在髮束上的手被握住。

碧琳並沒有轉過頭，只是垂著眼，語氣很輕的說：「我知道，哥哥為了我一直都很努力，成為歌手也是為了要負擔我的醫藥費，雖然我知道自己不該這麼說，明明就是因為哥哥才能活到現在，還能住在這樣好的醫院，這雙腳和這副身體的狀態其實我自己都很清楚，如果不是因為我，哥哥你……哥哥你一定可以去做自己喜歡做的事情，而不是被我……」

緊握的手顫抖著，那是歉意。

「是自己喜歡的事情沒錯。」

碧琳轉過頭，只見科斯特露出淡淡的笑容，笑容裡是無奈與包容，寬大的手掌從她的掌心下抽出，他揉著她的髮。

「這次，是我自己下的決定，我對劇本有興趣，我想要嘗試這個挑戰，我覺得在這部電影裡或許我能找到我想知道的答案。所以，和碧琳妳並沒有關係。這是我自己想要做的事情。」

科斯特將碧琳垂簾般的瀏海撥至耳後，探手至桌面端起雞湯和湯匙，與她手上的杯子交換。

「雖然有很多事情我們無能為力，但是只有這件事情我希望妳一定要記住……碧琳妳一定不知道吧？因為有妳，所以我才有繼續走下去的勇氣。」

科斯特拿起湯匙攪動湯面，舀起一匙雞湯遞到碧琳的脣邊。

碧琳遲疑了一會兒，張開嘴，喝下湯。

「只要妳在我身邊就好。」

話語是無限的憐惜與懇求。

碧琳當然懂，她懂科斯特為她付出了多少，只求她可以恢復健康，有著可以永遠陪伴著他的保證，但是……

碧琳伸出自己空著的左手，用五指梳起科斯特總是蓋著面容的瀏海，注視著那雙陪伴自己十六年的眼，那眼裡的情感從未變過。

「哥哥你一定也不知道吧……」碧琳瞇起眼，露出溫柔的笑，「我很喜歡哥哥，真的很喜歡，這輩子，最喜歡的就是你。」

碧琳就像是怕自己以後沒機會再說出口，所以說了一次又一次的喜歡。她希望兄長可以知道他對她也是同樣的重要，希望兄長也可以獲得幸福。其實她的身體她比任何人都還要清楚，這副久病的身體已經不可能再好起來了，而且總有一天……總有一天一定會……

「喝完這碗雞湯後，哥哥可以陪我去花園逛逛嗎？」

科斯特雖然因為話題的瞬轉而呆愣，但隨即也首肯答應。也是，好像他每次來探望的時間都很短暫，總是沒能陪著她四處逛逛，她一定很悶吧，一直待在病房裡。

不知碧琳真正心思的科斯特也只能這樣猜想，等到碧琳一口一口的將雞湯喝完後，他起身推來放置於牆角的輪椅。

科斯特收拾好床桌，掀開被褥。

科斯特用著雙手抱起碧琳，將她安置在輪椅上，並拿來一旁的薄單蓋住碧琳的下半身。然後，他推著碧琳離開病房。

今天的天氣很好，天空是一片湛青蔚藍，白雲稀薄如縷煙。

雖然已過中秋，但花園裡還是盛開著不少秋天特有的花種，花花綠綠的，入眼還是相當的舒

服。

幾隻小小的蝴蝶飛過，映襯微妙生機。

「嗯～秋天的風果然涼得舒服。」伸了個懶腰，碧琳轉頭望向科斯特，「對吧，哥哥？」

科斯特推著輪椅走在象牙白的走道，附和著：「嗯，今天的天氣很適合散步，還好太陽不大。」

爽朗的風與明媚的陽光，地面因為白雲飄過而遮出一片移動的黑影，這樣的天氣來散步是最適合不過了。

「今天之後，哥哥應該會更加忙碌吧。」

之前他光是只有塑造歌手形象就沒有多少空閒時間，而這次又接下電影角色的演藝工作，可想而知接下來的行程肯定會排得毫無空間吧。

「就算再怎麼忙，我還是會過來醫院。」

「哥哥不用一定非得抽空過來。」

「嗯？碧琳不希望我過來嗎？」

聽見科斯特的反問，碧琳沒來由的感到慌張，「才沒有！如果哥哥可以天天來當然是最好的……」話語越來越小聲，說到最後碧琳自己倒害臊起來，原本蒼白的雙頰頓時紅潤不少。

這樣鮮少出現的羞怯狀態反而讓科斯特輕笑出聲，心情頗是愉悅的說：「原來我們家的碧琳也開始學會撒嬌了。」

「我才沒有在撒嬌！哥哥才是，什麼時候變得這麼會調侃人了？」

沒想到竟然會從自己妹妹口中聽見這問話，這可讓科斯特意外了。

本來以為只是想法轉了彎而已，原來他被伽米加感染得那麼深，連態度都變了嗎？

「有人告訴我不要老是違背心意，偶爾順心而走，想說什麼就說，會讓自己比較輕鬆。」

碧琳像是看見什麼意外的事情般睜大眼，低吟一聲，「如果有機會我一定要認識認識這個人，竟然讓古板又固執的哥哥改變。」

科斯特伸出大掌揉亂少女的髮，碧琳笑著閃躲。

「自己綁好的頭髮，結果現在又自己弄亂了，哥哥好過分。」

科斯特挑眉，將輪椅停在樹蔭下的涼椅前，在坐下之後，他握著輪椅的雙邊扶把將輪椅拉至正面，讓碧琳可以面對著自己。

「等我們見面的那一天，我會把他介紹給妳認識。」

碧琳「咦」了聲，好奇問：「所以那個人是哥哥在《創世記典》裡面認識的？」

「是啊，本來以為是個很頭痛的人，結果意外的……是個不錯的朋友。」

看著科斯特嘴角揚起的笑，放鬆自得的表情讓碧琳眨了眨眼。她瞇眼笑，也不顧自己無法使力的雙腳根本撐不住上半身的重量，突然伸長手就是挺腰往前撲，而滑動的輪椅也確實讓她的心願達成——身子前傾往前摔。

科斯特嚇了一跳，趕緊朝前一跪接住那差點撲地的身軀。

科斯特本想責罵，卻聽見靠在胸前的碧琳傳來嘆息的輕語：「真的是太好了呢，哥哥。」

科斯特無法理解這句話的意思，不過疑惑卻在接下來的話語中溶解。

「哥哥能夠喜歡《創世記典》，能夠在那個世界裡遇見讓你開心的朋友，真的是太好了。」

其實她一直很怕她的強迫會不會讓科斯特更難過。

雖然她喜歡、並且深深認為《創世記典》是個很棒的世界，想要科斯特和她一起享受那遊戲裡頭自由的風，但畢竟是她提出要求，科斯特才去接觸這款遊戲，而當事人究竟喜不喜歡，她並不知道。

——如果哥哥不喜歡那個世界，該怎麼辦？

本來害怕的心，在科斯特的話語脫口而出之後也獲得釋懷，她已經知道科斯特開始喜歡《創世記典》，而且也在裡面交到了好朋友，科斯特的眼裡已經開始容下其他人，而不是把她當作唯一……

明知道這才是應該的，但碧琳心裡還是不免有點落寞。

「什麼傻話……」科斯特低聲唸著，順著少女纖柔的髮絲，理所當然的說：「只要是妳介紹的，是妳喜歡的，一定是對我最好的，我沒理由去討厭。」

他所珍愛的女孩總是為他著想，因為知道她的逞強，所以才會憐惜不已。她遞送到他面前的一定都是她急於想要讓他看見、讓他知道、並且是珍貴的寶物，他找不到理由去討厭。

而事實證明，她給他的，勝過於他所給的。

科斯特挪了身，讓碧琳可以用著舒服的姿勢坐在柔軟的草坪上。

空氣很香，瀰漫草葉特有的涼草味，光線透過樹葉的孔縫閃爍晶瑩，難得的讓長久緊繃的神經放鬆，也讓科斯特聯想到《創世記典》裡那漂亮如同仙境般的景色。

「哥哥，你現在有女朋友嗎？」

科斯特一個錯愕，秒回：「當然沒有！」

聽著像是急於撇清的回答，碧琳噗的一聲笑了，搖搖頭，她指著上方遮掩的樹木。

「哥哥你還記得小的時候，媽媽還在的時候，我們三個人做了什麼小約定嗎？」

「……櫻花樹。媽媽說過在城市的南邊近郊有一座漂亮的百花園，花園裡有一條由櫻花樹排成的花道，只要櫻花盛開時就降下花瓣雨，是她和……」差點脫口的詞語讓科斯特臉色沉了下來，轉了個話：「她很喜歡那座花園，說等我們再大一點就要帶我們去看。」

那座櫻花園，是母親和那個人相遇的地方，也是他們訂下一輩子互相守護承諾的地方。

碧琳點點頭，「嗯，在那之後發生了讓人措手不及的事情，媽媽出了車禍而過世，爸爸也轉變好多，然後哥哥帶著我離開那個家和那個地方……」

「那個人不是我們的父親，那個地方……也不是我們的家。」科斯特語氣平淡。

這不是描述，而是事實。

從那個人開始藉酒澆愁、一蹶不振，把他們往死裡打的時候，很多的回憶、很多的事情就已經破碎到無法重圓。

碧琳咬著唇，用力抱住科斯特，她可以感受到那起伏的胸口變得有些急促，是氣憤，是傷心，也是絕望。

即使科斯特表面裝作平靜、不在意，但說到底心裡還是痛苦的。

「對不起，哥哥，是我不好，是我不該提起。」

明明知道科斯特不喜歡聽見她說出那個稱呼，但她還是不小心脫口而出。

科斯特輕聲低嘆，摸了摸碧琳的頭。

「不是妳的錯。」

從一開始她就沒有做錯任何事情，是他無法拋棄那一層一層扣下枷鎖的重擔，而碧琳也承擔了那不屬於自己該擔下的後果。

背負在他們身上的，太重、太沉。如果可以，他真的寧願降臨在少女身上的不幸可以全數轉移到他身上。

科斯特腦海裡想起的是當時林月提出的條件，一個能夠讓碧琳重新行走的機會。

——但是……

咬了下唇，科斯特深吸一口氣，遲疑的開口問：「碧琳，如果妳的雙腳有機會好起來，但是卻可能……卻可能得用對妳來說非常喜歡的東西來換，妳怎麼想？」

科斯特的突然問話讓碧琳不解。

「失去我所喜歡的東西，來讓我的雙腳好起來嗎？」

科斯特沉重的點了點頭。

「那……那樣東西，也是哥哥所喜歡的嗎？」碧琳那雙漂亮的碧色大眼無辜的注視著他。

少女好奇的反問卻讓科斯特心底更加複雜。

指甲陷進掌腹壓出深深的紅痕，科斯特用著很輕、很輕的語氣回答：「嗯，也是我很喜歡很喜歡的東西。」

他喜歡《創世記典》這個世界，所以並不希望它毀滅，但是他等碧琳的雙腳能夠好起的日子已經好幾年了，那漫長的時間要是能夠終止……

科斯特一直在思考該用什麼委婉的方式告訴碧琳，他所遇見那名叫做林月的女人所提出的交換條件。

他下不了決定。

或許他是在等碧琳說出想要她的雙腳好起來、足以行走的話語，由這催化劑來讓他可以下定決心。

「其實……這雙腳能不能好起來已經不是那麼重要了。」

碧琳的回答讓科斯特錯愕，心頭一慌還想說些什麼，卻被少女清澈的目光吸去了神。

「畢竟是哥哥好不容易喜歡上的東西，如果因為我而將它剝奪走，那麼哥哥你……會難過的吧？我不能那麼自私。」

「但、但是妳不用再依靠輪椅才能行走，妳可以不用繼續待在病房裡，妳可以用自己的力量、用自己的雙腳走去外面的世界啊！」

他知道她為了不讓他擔心，總是將千頭萬緒往心裡藏；他知道她有多想靠著自己的力量行走，而不是倚靠其他人。

「我已經習慣不能行走的日子，但哥哥你能拋棄好不容易喜歡上的東西嗎？」

科斯特咬牙，困難的點頭，「能。」

「你說謊。」

碧琳併攏五指，放在科斯特那鼓鼓跳動的心頭，搖搖頭。

「如果能，哥哥你就不會對我問出這樣的問題，你會默默的去做、去施行。」

「我知道哥哥為我付出很多，也知道哥哥一直希望我能夠恢復健康、這雙腳能夠好起來，但是哥哥你自己應該也知道『我的狀態』吧。」

她自己的身體，她自己最清楚。

看見科斯特變得有些難看的臉色，碧琳咬著唇，將額頭抵上科斯特的胸口，雙手從兩側探到他的後背緊緊抱住這唯一陪伴著她、為她付出所有的親人。

「對不起，哥哥，我知道不該這樣說的，但是……我真的……真的很希望能夠保護哥哥你所喜歡的東西，不管這雙腳能不能好起來都沒關係。辜負哥哥的期望真的很對不起，但是我……我真的……真的不想哥哥再失去任何一樣真心愛上的事物。」

——如果再失去的話，哥哥就真的太可憐了。

所以她希望這次他不要放棄，不要再為了她而放棄自己所喜歡的事物。對於他的不停給予，她也想要回報他啊！

碧琳的回答反而讓科斯特更下不了決心。

或許他一開始就不該問的，問出這話是為了讓碧琳來催促還是阻止，他已經分不清楚了。

「我到底……該怎麼做才好？」

喃喃低語分毫不差的傳進碧琳耳裡。但她不知道該如何回答，只能深吸氣，用著和以往面對科斯特時那樣平和溫柔的相同表情，輕聲的轉開話題：「哥哥，你覺得櫻花盛開的樣子漂亮嗎？」

科斯特無法理解碧琳突然冒出的問話。

盛開的櫻花……他也只有小時候在相簿裡看過，他記得看見照片時感覺起來就像粉紅色的棉花糖，一團一團貼在樹梢上，或許那時候是覺得漂亮的吧。

科斯特思考著，隨後輕輕的點了頭。

「那，我們一起去賞櫻吧！媽媽所說的那座由櫻花排列而成的花雨道路，我和哥哥兩個人一起去看吧。」

以前來不及實現的心願，現在雖然少了人，但是，就他們兩個一起去吧！

「但、但妳的身體……」

「醫生不是也說了？有人陪著還是可以外出。」碧琳淡色的嘴脣抿成彎的弧度，相似的碧色眼眸帶著期望，「半年後，在櫻花盛開的時節，我們一起去賞櫻，好嗎？」

碧琳的要求，他怎麼可能拒絕。

雖然遲疑，但科斯特最終還是點了頭，應下約定的承諾。

半年之後櫻花盛開時，他們一起去賞櫻。

「但是到時還是得要有醫生確認批准才能出去。」

「當然呀，沒有醫生批准，我又不可能一個人離開醫院。」碧琳綻放出好看的笑容，牽起科斯特的手，與自己的小指做著勾指頭的動作，「說好的承諾不可以忘記，不然要吞下整棵櫻花樹當懲罰喔！」

科斯特噗的一聲笑了，眼裡是寵溺的無奈，「真吞下去會出人命的。」

「所以才叫做懲罰啊！哥哥，你絕對不能忘記喔！不管是叫讓大哥記著，或是你寫在行事曆上都好，絕對不能忘記。」

「好好好，等我回去之後馬上寫張大紙貼在牆上，可以吧？」

「就知道哥哥你最好！」

用力抱住科斯特，碧琳開心的笑著。

科斯特眼神柔和不已的只容著對方一人，像是安撫似的撫著碧琳的後腦，卻沒發現埋在自己懷中那雙漂亮的眼眸漸漸垂下，然後閉闔，低垂的睫毛彷彿承載著無比重量。

——希望可以撐到那時。

——這殘破不堪的身體啊……

抓著對方的衣物，碧琳心底響起無數的懇切乞求，只因為他也是她的「唯一」。只要是她能做到，她也會為了他去做。

——所以到時，請哥哥你別哭泣，不要因為我的離去而悲慟傷心。

▲▲▲◎▼▼▼

由不同方塊砌合而成的純白空間，唯一有的顏色就是散落在四周以及飄浮在半空的玩偶。大大小小，五顏六色。

在空間的中心，最明顯的就是那隻戴著王冠的巨大黑色狗偶，玩偶的眼睛是紅色的大釦子，嘴角用著紅線縫出歪扭的鋸齒。在黑偶的前方有一座由小隻玩偶堆集而成的小山，小山的中央躺著一個人。

那人看似十五、六歲，四肢戴著如同鋼甲般的護具，無數管線從胸前的核心連至頭上半月狀的環片頭盔，從平坦的胸口可推測是名少年，但是臉蛋卻如同稚氣未脫的少女般漂亮。

本該是漂亮的臉龐，右眼卻被藍色的晶殼所取代，遊走眼周的是如同細微管路般的裂痕。

少年的衣著，是這些玩偶中唯一的白。

隨著嫩色的脣瓣開闔，像是數數，又像是小曲的歌聲從躺在中央的少年口中唱出——

一個，兩個，三個……

破碎的玩偶啊……

你們的家在哪兒呢？

淌血的眼。

無法說話的嘴。

斷掉的雙手。

壞掉的雙腳。

藍色的人偶、綠色的人偶啊……

少年睜開緊閉的左眼，那是如同陽光般的金色。

隨著突然的起身，漸層般的紅金短髮漂亮的晃了個弧度。

少年左右兩手各抱著一隻藍色與綠色的貓咪玩偶。

走下玩偶山，少年一步一腳踢開擋路的小偶，且隨著踢開的動作，細小的綠色數據也隨之飄出，短小的如詩句，飄流向天。

少年在某處停下，抬頭看著無限數據流往的白色天頂。

「什麼時候才要來呢？」

少年的眼突然落寞垂下，舉起懷裡的兩隻玩偶面對自己，由鈕釦縫成的眼睛和歪斜的線嘴看不出表情。

看似笑，又看似哭。

「你們，什麼時候才要來呢？」

玩偶根本無法回答他，只是一味的謐靜。

重重的垂下肩，少年抓著玩偶的手大力到彷彿要撕裂般的顫抖。

「什麼時候才要來？」

再次的問答，仍是無人能回。

但少年的手卻鬆開了力道，嘴脣揚起扭曲的笑，如同玩偶歪斜的嘴。

「沒關係，我知道你們會來的。我在這裡等著，在這裡期待著呢……我的哥哥、姐姐啊……我在這裡等著你們，所以快點來吧……」

少年手一鬆，懷中的玩偶朝下摔落，與地面撞擊出幾條短數據。他舉手握住自己「應該是」耳朵的部位——白色的像是耳機般的物體。

「喂喂喂——這裡是Artemis，有人聽到嗎？」

期待著回應，卻無人回應，這次少年的表情並沒有太大的變化，只是偏著頭。他張手轉了個圈，傾身撿起剛剛摔落在地的玩偶，用力抱在懷中。

也在同一時刻，房間的正中央出現了巨大投影，影像裡是林月興奮的笑容。

「AR，我們的期望就快實現囉！」

代號AR，由林月所創造，全名為「Artemis」的AI人工智慧——少年眼裡竄過一瞬異樣，他輕聲喊著：「母親。」

聽見稱謂，林月笑得更開了。她瞇起眼，伸出手。

「好孩子。」

即使無法真正的觸碰到，但AR還是像個被父母摸頭誇獎的孩子，將頭埋進玩偶懷裡蹭了蹭。

突然，林月的身後傳來另一道低沉的說話聲音，AR看見林月別過頭和螢幕外的人交談，一瞬間，投影被切斷了連線，消失在半空之中。

隨著投影的消失，原本飄浮在半空的玩偶也摔落在地，撞擊出無限數據。

AR胸口的圓潤紅核如同心跳般的閃動了幾下，才又恢復正常般的平靜亮著。

看著投影消失的地方，AR的眼裡出現了不該有的、如同「情緒」般的東西——那是「寂寞」。

然後，他又在一瞬恢復那原有的，如同孩童般的笑容。

扭曲的，不懂世事的，期待的。

不是產生，而是原本的設定裡，他，「應該是」這樣的。

「我在這裡等著。」

這次AR的聲音帶著甜膩的笑，好似加上蜂蜜的冰糖。

「我在這裡期待著呢，期待著我們見面的那一天。」

AR像是在跳格子般的往前單腳跳著，一腳變兩腳，兩腳變一腳，像是徜徉在花園裡的女孩般張開手臂轉了好幾個圈，最後他躺倒在玩偶堆之中。

金色的眼眸緩緩垂下，AR屈著身，看著從他開始「有意識」以來就一直被他緊抓不放的玩

偶——一綠一藍的貓咪玩偶。抿動的嘴唇說著無聲的話語，將真正的情緒埋沒在那由布和棉花縫製而成的身體裡。

「我是母親所創造的，所以無法違背她的命令，但是由『那個人』所創造的你們一定可以……請你們快點來到這裡，不然的話會來不及阻止的。Eraprotise one、Eraprotise two，請你們，快點來到這裡吧……」

——請你們，阻止這段錯誤的瘋狂。

Logging……

▶▶Loading...
番外
【碧琳】
現在之前，曾經之後
Create Dream Online

雨聲、踏起積水的步伐聲。

本該是白天的天空卻被一層陰灰籠罩，搖晃的視線是模糊的，頭暈讓她無法思考任何事情，只能依靠趴在揹著自己的那人背上。

她可以感覺到兄長的著急，聽得出他疲累的喘息。即使揹著她這般沉的重量，兄長的腳步從未停止，而且還加快了不少。

——因為不能停，不能停下腳步啊！

他們逃離了那個地方，「那個人」現在也一定發現他們逃走了，如果這腳步一停，那麼他們一定會被抓回去的。

回憶裡的黑白慘狀讓女孩原本就極差的臉更加慘白，扶在少年肩膀的手縮緊了些。

「科斯特哥哥……咳咳！」

女孩才剛喊出對對方的稱呼，下一句話都還沒說出來，一股刺喉的熱讓她還是忍不住咳了好幾聲。

「很難過嗎?馬上就要到醫院了，再忍耐一下。」

「對不起，都是因為我……」

「妳沒有錯。」還未滿十四歲的少年眼裡埋藏著不屬於該年紀的沉重，那是痛苦與悲傷，但他還是忍著未說出口，輕聲的安撫身後那正在發著高燒的人。

「錯的，從來就不是妳。」

自從惡夢降臨的那一天起，兄長最常對她說的就是這句話——

「妳沒有錯。」

不管是媽媽因車禍而過世後開始酗酒消沉的父親，或是在父親失去理智將藤條當成發洩工具般的狂打在她身上時，總是上前抱住她替她挨下打的哥哥……對或錯什麼的，其實她根本已經分不清楚了，她只知道，哥哥會下定決心帶著她逃離全是因為她，因為發燒不止的她。

她真的好害怕自己會拖累哥哥，好害怕他們被抓回去之後哥哥會受更重的傷，所以……

「科斯特哥哥……」

她將頭靠在兄長的肩窩，低聲懇求：「我會忍耐的，所以哥哥能到多遠就多遠，不要再回去了。」

「碧琳……碧琳……？」

熟悉的輕喊讓她張開沉重的眼皮，她看見兄長帶著疲憊的面容，下意識的，她還是說出口了：「對不起。」

兄長並沒有多說什麼，反而用笑臉取代原本疲累的表情，俯身將額頭與她的額頭相靠。

「妳沒有錯，所以不要再說對不起了。」

雖然兄長這麼說，但其實她心裡很清楚，他現在的疲態都是她造成的。

如果她再忍耐些，如果她不要因為忍受不了而把不舒服喊出來，不要在學校昏倒，兄長也不會發現她正在發著高燒，不會下定要逃離的決心，帶著她離開那如同惡夢般的家。

離開了生活至今的房間、屋子，拿著母親還在世時存下的零用錢，趁著「那個人」入睡的時候逃離「那個地方」。

買了車票、搭上電車，逃到足以到達的最遠處。

那時吃了兄長買來的退燒藥，被睡意侵襲的她在兄長的輕哄下入睡，直到她再醒來時，第一眼映入的是兄長的微笑。

她知道兄長一夜未眠。

在新的城市，兄長詢問著路人最近的醫院，揹著尚未退燒的她來到了車站附近的某家小醫院。陌生的空氣和人群讓她有些害怕，但兄長還是耐心的安撫她，並為她爭取到了一個足以讓她休息的病床。

幾天之後她退燒了，好不容易說服兄長讓她離開醫院，她很怕這些費用會造成兄長的負擔，不知道那背包的存錢筒夠不夠付出錢來。

辦理出院手續時，兄長不讓她跟著到前檯去，但她不想離兄長過遠，所以跟著走去，看著兄長從口袋掏出的紙鈔，她愣住了。

兄長付完了錢，牽著她的手離開了這陌生的醫院，開始在新的城市生活著。

在離開醫院時她未曾問那放在櫃檯上的錢是從哪來的，只有帶著一個乾癟撲滿的他們根本沒餘力付出那一大張的鈔票。

她躺在醫院的病床時，無法睡安穩的她知道兄長離開了病房，雖然醒來時她面對的依然是兄長安撫似的笑容，但，她知道兄長應該去了別的地方。

只是，她不敢問。

看著很累、很累的兄長，她什麼話都問不出口，她無法問他去了哪裡，無法問這些錢是從哪裡來的，只能忍著想哭的情緒吞下喉，然後在心裡說了一遍又一遍的「對不起」。

雖然說是生活，但兩個孩子根本沒錢、也有沒能力租屋子，他們只能窩在公園的涼椅上，倚靠著對方入睡。

在這樣生活的期間，有些路過的大人會對他們投以注目，有些伯伯和阿姨會來到他們面前問問題，她不知道該怎麼回答，沉默的兄長也讓她不敢多說些什麼，但那些伯伯和阿姨也不生氣，還買了一些麵包、便當送給他們，那時兄長才會說上一句「謝謝」，然後自己只吃了一小口，把剩下的餐點全都給了她。

這些人，是好人。沒來由的她心裡開始這樣認為。

但也有些人，她不喜歡。和那些好心的伯伯和阿姨不同，有些叔叔和伯伯會將目光投注在他們身上，他們在看見兄長時會露出像是發現寶物般的眼神，並來到他們面前伸手摸著兄長和她的頭，或是撥開兄長的瀏海，有一次還有人想直接拉走兄長。

她好害怕，也好生氣，直接拿起石頭就是扔向那個露出噁心目光的叔叔，然後脫身的兄長拉著她就是拚命的往前跑。

他們不敢再回到那座公園，只能四處換定點休息，有時候是窩在商店旁，有時候是窩在人家的屋簷下，但有大人嫌他們髒和擋路，會趕走他們。

在這樣的日子過了好幾個禮拜後，她又發燒生病了，兄長一樣帶她回到那間剛踏入這座城市時所待過的小醫院，這次她卻再也沒辦法說服兄長帶她離開，因為她連起身的力氣都沒有，只能昏沉沉的睡著。

她聽見點滴透過漏管滴答滴答的聲音，聽見自己跳得不平穩的心跳，燒昏的頭讓她覺得很痛苦，她還是忍不住哭了。

迷迷糊糊間，她感覺到有人一直用冰毛巾幫她擦拭著熱燙的臉，聽見兄長急切的安撫，聽著對方一遍又一遍的唱著她最喜歡的搖籃曲。

這樣昏昏沉沉的日子不知道經過多久，她體內的燒熱終於退了一些，但疲累的她還是無法靠自己的力量坐起。

在兄長將她扶起，餵著她吃下一口又一口的麥粥後，她發現兄長的臉色變得比之前更加憔悴，但兄長卻從未對她說出怨言，而是細心的照顧著她，露出釋懷的笑容。

「還好妳沒事。」

兄長這樣對她說完後，一如既往的摸了她的頭。

為什麼不責怪她？

如果不是因為她生病，兄長現在根本不用吃那麼多苦頭，為什麼不對她發脾氣，罵她是拖累他的負擔！

但她不敢對兄長直接大喊出心裡的壓抑，因為她最怕的是兄長最後會真的扔下她。

明明知道對方為了她而吃苦，但她還是不敢說。

明明知道對方因為她而疲累，但她還是不敢說。

她不知道兄長心裡究竟是如何想的，但她現在最希望的還是對方不要有一天厭煩她，不要嫌她是負擔而扔下她。

所以她不哭，只用笑容來面對他。

不論身體再怎麼難過，她也不再喊不舒服。

然而，這次雖然她退燒了，卻也失去了行走的能力。

為了讓無法行走的她可以接受治療，兄長開始肩負打工賺取醫療費用的責任。於是，一天一天的過去，兄長總是早早就離開醫院，很晚很晚才回來。

病床，成為了她和兄長小小的相處空間，小小的新家。

她不知道兄長兼了什麼樣的工作，就算她問了，兄長也從未說清楚，只叫她不用擔心，然後在護士催促繳款時拿出該付的錢款，一張張的鈔票。

看到在房間外掏出錢的兄長，和一臉不耐收款的護士，她好恨自己為什麼要生病，好恨自己為什麼不能行走，好恨自己成為了兄長獲得自由的絆腳石……

這樣無用又成為負擔的她，為什麼……不就這麼死掉算了？

住院的日子越來越長久，原本還有些微感覺的腳卻漸漸失去知覺，而從那天起，她就未曾離開過醫院。

她看著每天晚歸的兄長，聚積在胸口滿滿的歉意卻不知道該如何說，只能用著燦爛的笑容來包裹，說著一句又一句的「辛苦了」。

因為她能說的，只有這一句。

直到那一天，窗外滂沱大雨，兄長一身泥濘狼狽的回來，她只能呆看著對方的糟糕狀況，看著兄長拖著蹣跚的腳步來到她面前抱住她，雙手的力道大到她覺得疼，但她不敢喊，因為始終堅強的兄長居然在發抖。

「如果沒有這張臉就好了……」

她聽見兄長帶著如同潮襲般的情緒說出的這句話，深痛厭惡自己長相的話語，這讓她想起了早已遺忘的情景。

初到這座城市時，那些露出噁心目光的叔叔們。

比起她，兄長與去世的母親擁有幾乎完全相似的面貌，甚至可以說是比母親還要精緻漂亮的面容。

究竟是發生了什麼事情會讓兄長說出這番話？她不敢想，也不願去想。

她唯一知道的是，若不是因為她，兄長就不需要這樣辛苦的生活，也不會像今天這樣狼狽回來。

全是因為她。

她抱著那顫抖不已的軀體，本想說些什麼，卻鼻酸得什麼話都喊不出口。

▲▲▲◎▼▼▼

在離開家之後的第四年——

某一天，她發現這幾天兄長似乎藏著話想說卻又說不出口，不停的摸著背袋好像要拿出什麼東西，但最後兄長卻沒能將藏著的話語說出。

不知道該怎麼問話的她也只能趁著兄長離開病房去裝水時偷翻他的背袋，然後她看見了藏在袋裡的秘密，那是一份經紀公司與藝人的合約書。

為什麼他會有這份合約書？

兄長他想要朝演藝圈發展嗎？

還是說……

想來想去，她無法猜出原因是哪一項，只能默默的將文件重新放回背袋裡。

不管是哪個原因，如果兄長到演藝圈發展，應該會比現在的生活好很多吧？

那種光鮮亮麗的地方，才是適合兄長的。

如果成為歌手或明星，就不用再過這種苦日子了吧？照顧她，也一定很累吧？

抿著唇，她看著回到病房、坐在床邊幫她梳理頭髮、哼著那熟悉曲調的兄長，即使多麼的不想被拋下，但她還是忍住那股差點脫口的害怕，努力的說出違心的話語——

「哥哥的歌聲很好聽，如果這樣的聲音能讓所有人聽見的話，不知道該有多好，真希望能在

電視上看到哥哥。」

然後，她看見兄長露出吃驚的表情，遲疑的拿出背袋裡的文件，向她說明他在路上被經紀公司招攬的事情。

直到半年之後，兄長幫她整理行李，與陌生的醫護人員還有一位叫做「石川讓」的經紀人一起將她帶離那座小小的醫院，來到另一座被譽為城市裡擁有最好醫療設備的大醫院後，她才知道原來兄長所做的一切，全是為了她。

來到新的醫院，比起那只用吃藥治療的小醫院，她深切的體認到大醫院的不同，醫院不只替她做了詳細的問診與精密檢查，就連房間也是她自己獨立一間。

病房沒有剝落的油漆，也沒有霉斑的病床，所有的一切都是乾淨且純白的。

而這一切，都是兄長為了她所爭取來的。

她真的好感謝、好感謝。

滿滿的激動溢滿心胸，她用力抱住給予她一切的兄長。

就算她的腳再也好不起來也沒關係，如果這世界上真的有神的話，請將屬於她的幸福全送給兄長吧！

讓兄長可以不要再受苦難，可以獲得屬於自己的幸福。

她深切的這樣懇求著。

兄長進入了演藝圈，從最基礎的訓練開始做起。

兄長從不多說新工作的事情，只有在她睜著好奇的眼，說出「我想知道」這句話時，兄長才會無奈的鬆懈表情，短短的說出他在做的「發聲」和「舞蹈」的練習情境。

其實她聽得出來，兄長的每句話都避重就輕，只是為了不想讓她多做擔心，但那雙未改善疲累的眼眸卻透露出他極想埋藏的辛苦。

她唯一能做的，就是順著兄長的話走，傾聽著，然後鼓勵。

這樣的日子過去了半年，這期間兄長逐漸無法準時在晚餐時間到來，有時會漏了一、兩天無法來到，有時則是在醫院要關院前十分鐘才趕到。但不論多晚，兄長都帶著用保溫瓶裝著、抽出休息時間泡的蜜絲茶。

這甜，是她永遠無法忘記的滋味。

她看著床頭的遊戲設備，這是最近新出的一款遊戲設備，只因為她脫口而出的一句話，兄長就在兩天後的探望日一道帶來送給她。

光是要負擔她的醫藥費用就是一筆不小的數目，還抽出錢買這東西來送她，應該要自己存下來的啊……兄長這個笨蛋……

——溫柔得笨死了！

她心裡罵著，雙眼卻是止不停的滴下一顆顆的水珠。

她知道，兄長總是將她放在第一位，所以就算沒辦法天天來探望那也沒關係，她會努力忍耐著那股寂寞，期待著兄長帶著蜜絲茶來探望她的日子。

兄長很努力。

她也得加油才行。

「之前我應該和您說過，碧琳的雙腳不能行走的原因是來自於身體與心靈所引發的衰竭症

狀，長年累積的壓力與外力侵入的迫害，導致體內器官與神經的逐漸衰弱……」

「從您之前所說的那個時候起，您說碧琳常常發高燒生病，那是因為舊有的內傷未能妥善照顧的原因，您應該也清楚，放著不管的傷口最後會如何……」

「這兩年來我們也一直盡力的想要穩定令妹的狀態，但是這幾次的檢測結果下來，我們發現不只下半身，連她體內的心肺器官也開始出現了衰竭現象……科斯特先生，其實令妹身體的狀況已經……」

冰冷的話帶著遲疑卻無法動搖的宣言。

「閉嘴閉嘴閉嘴！你們不是醫生嗎！既然是醫生就該治好病人！是你們跟我說碧琳可以好起來，現在又跟我胡扯這些做什麼！能力不足就去找更好的醫生來！怕我沒辦法負擔醫藥費是不是？」

「我告訴你們，不管多少錢我都會湊來！只要你們把碧琳治好！拜託你們把碧琳治好，我求你們、我求你們……我沒有辦法失去她啊啊……」

在黑暗中假寐的她聽見了兄長悲慟的哭聲，令她心酸的疼痛。

本來她一直很努力的期待著，想用早點出院來報答兄長，結果還是不如所願。雖然細微，但

身體的微小不適早就讓她感到不安，而最後還是如她所猜想。
沒有辦法恢復健康的她，唯一能做的就是在兄長前來的時候用著微笑來面對他，但是時間越久，她也越心急了，她很怕到時候如果她真的死掉了，把她當作唯一依靠的兄長一定會非常痛苦，所以她開始找機會讓兄長可以將視線移到別項物品身上。
只要她不是「唯一」，那麼失去的疼痛就會減輕吧？
然後，她看見放置在床頭的遊戲設備，那是當初兄長只因為她看著電視炫目的廣告脫口而出的一句話，就買來送給她的禮物。
現在，她唯一能為兄長做的，就是把她最喜歡的世界送給他，讓他去追求他自己應該獲得的東西。
她向兄長提出了期望他來遊戲世界遊玩的要求，並提出了「找到她」以及「找到她所埋藏在遊戲世界裡的寶藏」的附加條件。
果不其然，這次兄長依然毫無遲疑的答應了。
如果這樣能讓兄長將目光從她身上移走、能減輕兄長的心痛的話，那麼就算她再怎樣感到不捨、不願、孤獨，她都會拚命的忍耐。

這是毫無用處的她，唯一能想到報答兄長的方式。

讓他朝向新世界去，不要被她侷限了腳步，也不要再將她當成唯一，因為她根本不值得兄長為她付出所有、耗盡一切去追求注定無法改變的結局。

夜裡，兄長落下最後的問候、依依不捨的離去，她帶著笑容揮手要他快回去休息。

病房的門閉闔，她才忍不住露出寂寞的情緒。

這裡擁有良好的醫療環境，但獨自一人的空間與白色卻讓人感覺有些冰冷，無法起身的她從窗外望去的視線也只能落在那一大片的夜幕裡。

深黑的。

孤獨的。

撫著床邊的遊戲設備，她抿著唇，戴上了設備，在電子錶的讀秒下進入了那漂亮如仙境般的世界。

在這裡，她失去的雙腳可以獲得重新行走的能力，她喜歡赤腳奔跑在草原上的感覺，她獲得不敢奢求的自由，因為想打怪物反被怪物追著跑而認識了新朋友，然後她來到了那座和善的公

會，慢慢的融入到團體之中，只是唯一的遺憾是兄長還未到來。

——好希望可以快點見到哥哥。

她心中不停的訴說著期待。

雖然一直想將兄長往外推，但其實放不開的卻是她。

看著水面映照著的那名有著松鼠特徵的少女，她蹲下身，少女的距離也與她更加靠近。她戳著自己的鼻子，看著倒影做出相同的動作，她突然覺得有些好笑。

遠處傳來了同伴的呼喊。

因為每個人的生活作息不一，組隊的他們也只能約在某個可以配合的時間點上線集合來進行團體活動，而現在他們正要回到公會回報任務情況。

她踏入可傳送的區域範圍，在傳送符的傳送下回到三個多禮拜未回的公會，熟悉的花圃和大樓讓她放下重擔的鬆了一口氣。

熟悉的，彷彿家的地方。

中央的建築開敞著門，吞下緊張的心情，她換上一貫的笑容，帶領著眾人踏入「家裡」。

周圍傳來眾人如雷般的歡呼以及歡迎回來的話語。

即使來到這裡已經半年，但每次她還是會隨著這股熱烈的情緒而心潮澎湃。

「歡迎回來，青玉。」

那名總是對她如同兄長般照顧的公會會長這般說著。

深吸一口氣，帶著雀躍不已的心情，她對著這些她深深感激的「家人」露出燦爛的笑容。

「嗯，我回來了！」

番外【碧琳】現在之前，曾經之後　完

《幻魔降世03白羊蹄之吻．天使少女的祈福》完

敬請期待更精采的《幻魔降世04》

小說
novel M.貓子
illust 麻先みち
我家門前有狐仙
SUNG YA NOTE VOL.1
松雅記事

立即搜尋

裝萌
Novel 冰雲
Illust RURU
三姐妹
最爆笑的古裝輕言情清新登場!!
自己的夫君自己找！
莊家三姐妹各出奇招——
大姐裝可憐
二姐裝可人
小妹裝可愛
且看天之驕女如何~~捕獲老公~~覓得良人、~~作亂江湖~~结好姻缘！
典藏閣
飛小說
華文聯合出版平台
www.book4u.com.tw
行銷總代理
采舍國際
www.silkbook.com
不思議工作室_
立即搜尋
版權所有© Copyright 2014

廢物少女獵食記
這輩子只想吃你
Novel✦陸山水
Illust✦MIKI
END
囧系少女與傲嬌少爺的
★戀愛三部曲★
搭觸→綁架→梁依依小盆友慘遭流放？！
如果厄運和困難這種東西一定要找上她，
那，她就把它們全都吃掉！(握拳)
梁依依：阿門阿彌陀佛真主在上嘰哩咕嚕顏鈞保佑！！(ㄒ﹏ㄒ)
顏鈞：蠢貨，誰准妳被綁票的！
全套三集，全國各大書店、
租書店、網路書店，持續熱賣中！
典藏閣
華文聯合出版平台
www.book4u.com.tw
采舍國際
www.silkbook.com
不思議工作室
立即搜尋
版權所有© Copyright 2014

解任高手、人生勝利組——
就是我「郝仁」啦！
在美屍坊裡——
一位毒舌天才美魔女、一名擁有神鼻特技的美男子，
加上暴走老頑童、瘋狂美食家、高傲王子貓，
以及娶了八個鬼妻的不良少年……
各路特異人士（怪咖）集結，挑戰靈報高額賞金！
不論是宅內鬧鬼、大體美容、還是隔世尋人……
疑難雜症交給『紅眼怪客團』就對啦！
01紅眼怪客團之美屍坊
02紅眼怪客團之鬼旅行
03紅眼怪客團之模特屍
04紅眼怪客團之王子病
★全套四冊，全國各大書店、網路書店、租書店，持續熱賣中！

飛小說系列 117
幻魔降世 03
白羊蹄之吻·天使少女的祈福

出版者■典藏閣
作　者■蒼漓　　繪　者■生鮮P
總編輯■歐綾纖

製作團隊■不思議工作室

郵撥帳號■50017206 采舍國際有限公司（郵撥購買，請另付一成郵資）
台灣出版中心■新北市中和區中山路2段366巷10號10樓
電　話■(02) 2248-7896　傳　真■(02) 2248-7758
物流中心■新北市中和區中山路2段366巷10號3樓
電　話■(02) 8245-8786　傳　真■(02) 8245-8718
ISBN■978-986-271-567-3
出版日期■2015年1月

全球華文國際市場總代理／采舍國際
地　址■新北市中和區中山路2段366巷10號3樓
電　話■(02) 8245-8786　傳　真■(02) 8245-8718

新絲路網路書店
地　址■新北市中和區中山路2段366巷10號10樓
網　址■www.silkbook.com
電　話■(02) 8245-9896
傳　真■(02) 8245-8819

線上總代理：全球華文聯合出版平台
主題討論區：http://www.silkbook.com/bookclub　◎新絲路讀書會
紙本書平台：http://www.silkbook.com　◎新絲路網路書店
瀏覽電子書：http://www.book4u.com.tw　◎華文電子書中心
電子書下載：http://www.book4u.com.tw　◎電子書中心（Acrobat Reader）

☞您在什麼地方購買本書？☜

1. 便利商店（________市／縣）：☐7-11　☐全家　☐萊爾富　☐其他________

2. 網路書店：☐新絲路　☐博客來　☐金石堂　☐其他________

3. 書店（________市／縣）：☐金石堂　☐誠品　☐安利美特animate　☐其他________

姓名：________地址：________

聯絡電話：________　電子郵箱：________

您的性別：☐男　☐女　　您的生日：西元________年________月________日

（請務必填妥基本資料，以利贈品寄送）

您的職業：☐上班族　☐學生　☐服務業　☐軍警公教　☐資訊業　☐娛樂相關產業
☐自由業　☐其他________

您的學歷：☐高中（含高中以下）　☐專科、大學　☐研究所以上

☞購買前☜

您從何處得知本書：☐逛書店　☐網路廣告（網站：________）　☐親友介紹
（可複選）　☐出版書訊　☐銷售人員推薦　☐其他________

本書吸引您的原因：☐書名很好　☐封面精美　☐書腰文字　☐封底文字　☐欣賞作家
（可複選）　☐喜歡畫家　☐價格合理　☐題材有趣　☐廣告印象深刻
☐其他________

☞購買後☜

您滿意的部份：☐書名　☐封面　☐故事內容　☐版面編排　☐價格　☐贈品
（可複選）　☐其他

不滿意的部份：☐書名　☐封面　☐故事內容　☐版面編排　☐價格　☐贈品
（可複選）　☐其他

您對本書以及典藏閣的建議________

____

____

✌未來您是否願意收到相關書訊？☐是　☐否

感謝您寶貴的意見

印刷品

$3.5

請貼
3.5元
郵票

不思議信箱
FUSIGI POST

235 新北市中和區中山路二段366巷10號10樓

華文網出版集團　收

（典藏閣－不思議工作室）

白羊蹄之吻．天使少女的祈福

幻魔降世

Create Dream Online 03